AF396788

LA BRADAMANTE.

TRAGICOMEDIE.

(Par de Lalalprende)

A PARIS,

Chez ANTOINE DE SOMMAVILLE, au Palais,
dans la petite Salle, à l'Escu de France.

M. DC. XXXVII.

Auec Priuilege du Roy.

LES ACTEVRS.

CHARLES,	Roy de France.
LEON,	Prince de Grece.
ROGER,	Seruiteur de Bradamante.
AYMON,	Pere de Bradamante.
RENAVD,	Frere de Bradamante.
BRADAMANTE.	
HIPALQVE,	Suiuante de Bradamante.
MARFISE,	Sœur de Roger.
NAYMES,	Seigneur François.
ZENON,	Amy de Leon.

BRADAMANTE.

TRAGICOMEDIE.

ACTE I.

SCENE PREMIERE.

LEON. ROGER.

LEON.

Ve vous me hayrez pour cette lâ-
cheté.

ROGER.

Ne iugez point si mal de ma fidelité.

LEON.

Ie veux à vos despens acheter ma fortune,
Ha ne trouuez-vous point ma requeste importune?

A

Toutesfois si parmy vos sentimens guerriers
Vous meslates iamais les myrtes aux lauriers :
Et si vous cognoissez ce que peut sur vne ame
Le transport violent d'vne amoureuse flame,
Vous excuserez tout.

ROGER.

　　　　　Horsmis ce compliment,
Traittez moy ie vous prie vn peu plus franche-
　　ment,
Pourrois-je estre qu'à vous apres ce bon office.

LEON.

C'est trop se souuenir de si peu de seruice :
Vous estes redeuable à ma seule amitié.
I'eus pour vous du respect non pas de la pitié :
Ayant esté tesmoin d'vne valeur si rare,
Ie fis ce qu'auroit fait l'ame la plus barbare,
Et i'ay degeneré de toute ma maison,
Ne trahissant les miens qu'apres leur trahison.
I'ay soulagé des fers ces mains victorieuses,
Pour suiure à l'auenir vos traces glorieuses,
Pour me rendre vaillant vous imitant de loin :
Mais ie commence mal, vous en estes tesmoin.
Toutesfois s'il est vray que la mort m'espouuente,
Que ie sois pour iamais priué de Bradamante,
Que par vn coup du Ciel ie meure deuant vous,
Si ie craignis iamais de mourir de ses coups.

Ie tiendrois ce trespas pour ma premiere gloire :
Mais ie perds l'esperance, en perdant la victoire.
I'ay trop peu de valeur pour hazarder ce bien ,
Et si ie suis vaincu, ie ne possede rien.

ROGER à par soy.

Fut-il iamais malheur à mon malheur semblable?

LEON.

Dequoy pallissez vous ?

ROGER.

Ma crainte est pardonnable,
Et ce commandement me seroit bien plus doux ,
Si i'estois plus vaillant, ou plus heureux que vous.

LEON.

Ah ne me parlez plus contre vostre pensée.

ROGER.

Dans vostre passion mon ame interessée,
N'a rien apprehendé que pour vous seulement ,
Et vous hazardez trop en cet euenement,
Puis que vostre repos sur ma valeur se fonde.

LEON.

Ie m'asseure sur vous mieux que sur tout le monde.

A ij

ROGER.

Aussi pour vous seruir ie voudrois tout ozer,
Et ce que i'en ay dit, n'est pas pour m'excuser.
I'iray, i'iray pour vous combatre Bradamante,
Et quand i'aurois pour elle vne ardeur violante,
Fut-ce de mon malheur l'ineuitable arrest,
Ie me despouillerois de tout mon interest,
Et ie voudrois pour vous me combatre moy mesme.

LEON.

Mais côment m'acquitter de ce bien faict extréme?

ROGER.

Ie sçay ce que ie dois à qui ie dois le iour.

LEON.

Cest acte officieux me le rend à son tour,
Et ie recognois bien que ie suis execrable,
Si ie cache à quel poinct ie vous suis redeuable :
Si ie n'offre à vos pieds mes empires & moy.
Bien donc sur cet espoir ie vais trouuer le Roy.
Ie vous quitte vn moment, Ciel fais que ie perisse,
Si ie puis estre ingrat apres vn tel seruice.

SCENE II.

ROGER feul.

Oncques cette valeur que i'ay receu des
    Cieux ,
M'eſt vn preſent fatal , vn don pernicieux,
Qui ne me doit ſeruir qu'à ma propre ruine :
O Ciel à quel malheur ta rigueur me deſtine !
I'adore Bradamante, & cette paſſion
Doit ceder lachement à l'obligation.
Ie ceſſe de hayr par vn bien faict extréme,
Dont ie dois m'acquiter en me perdant moy meſme.
Mais puis qu'en le faiſant ie fais ce que ie dois,
Ie ne murmure point contre ſes iuſtes loix.
Ouy ie te combattray, ma chere Bradamante,
Et quoy que ie trahiſſe vne fidelle amante,
Contre qui le deuoir l'emporte ſur l'amour,
Ie te puis ſatisfaire en me priuant du iour.

A iij

SCENE III.

B R A D A M A N T E seule dans sa chambre.

MOn cœur ne retien plus la douleur qui te
          presse,
Il est vray ce perfide a faussé sa promesse,
L'ingrat a violé sa foy.
Il n'a point de regret de t'auoir delaissée,
Et ne se souuient plus de toy,
Quoy qu'il viue dans ta pensée.

Quel esprit preuoyant eust recognu la feinte
Des sermens qu'il me fit d'vne amitié si saincte,
Et de tant de fidelité?
Que i'eusse creu faillir contre mon grand courage,
De soupçonner de lâcheté,
Ses discours & son beau visage.

Comme vostre beauté, disoit-il, est extréme,
Dans sa perfection mon amour est de mesme,
Et le feu si pur & si beau,
Qui parmy les mortels me brusle & me captiue,
Me doit encor dans le tombeau,
Brusler d'vne flame plus viue.

Que la longueur du temps, ou des lieux nous separe,
Rien ne peut esbransler vne amitié si rare.
On ne verra iamais changer
Les resolutions d'vne ame si constante ;
Et ie ne seray plus Roger,
Quand ie viurai sans Bradamante.

Ce discours redoubloit vne naissante flame,
Ie creus que ce beau corps logeoit vne belle ame,
Incapable de trahison.
Sa peine, ie l'aduouë, esbransla ma constance,
Ie le creus aymer par raison,
Et ie l'aimay par innocence.

Tout à coup, sans ouurir son dessein à personne,
Et sans me dire adieu le traistre m'abandonne,
Et s'esloigne de cette Cour.
Il habite possible vne terre incognuë,
Où de quelque nouuelle amour
Son ame est desia retenuë.

Abuse desloyal, abuse autant de Dames,
Que tu recognoistras capables de tes flames,
Inuente de nouueaux sermens,
Dont ta fidelité dans leurs ames s'imprime,
Tu sçais que les Dieux aux Amans,
Ont permis de iurer sans crime.

Toutesfois ie ne puis forcer cette puissance,
Qui m'oblige à t'aymer apres ton inconstance,

Ouy, ie t'ayme encore Roger,
Et malgré la raison qui veut que ie t'oublie,
Il n'est pas en moy de changer,
Pour rompre le nœud qui nous lie.

SCENE IV.

HIPALQVE. BRADAMANTE.

HIPALQVE.

Arfise vous attend pour aller chez le Roy.

BRADAMANTE.

Elle est de mon repos plus soigneuse que moy.
C'est pour voir ce Leon : ie la suiuray, n'importe,
Où l'auez vous laissée?

HIPALQVE.

Aupres de vostre porte.

SCENE

SCENE V.

CHARLES. AYMON. RENAVD.

CHARLES.

MA parole eſt donnée, il n'en faut plus parler.

AYMON.

Si voſtre Majeſté la vouloit rappeller,
Ie me pourrois ſeruir des droicts de la naiſſance,
Et i'aurois ſur les miens vne entiere puiſſance ;
Ie ne me plaindrois pas d'auoir cent mille fois,
Pour le bien de l'Eſtat ſué ſous le harnois,
De vous auoir ſuiuy dans toutes vos conqueſtes,
Meſme depuis que l'aage a fait blanchir nos teſtes.
Si vous laiſſiez agir le ſang & la raiſon,
Si i'eſtois abſolu dans ma ſeule maiſon,
Et s'il m'eſtoit permis de tenir ma promeſſe,
Pour n'eſtre pas ingrat au Monarque de Grece;
Pardonnez ce diſcours à mon reſſentiment,
L'affront que ie reçois m'oſte le iugement.
I'intercede ſans fruict pour vne ingrate fille,
Au lieu d'eſtre abſolu ſur toute ma famille.
Sa deſobeiſſance auance mon treſpas,

B

Et ie cherche ſon bien, qu'elle ne cognoiſt pas.

RENAVD.

Former ſans apparence vn bien imaginaire,
C'eſt ſe paiſtre de vent & d'vne ombre legere.
Des ſceptres, des grandeurs, ne ſont pas vn vray
    bien,
Et qui ne vit content, il ne poſſede rien.

AYMON.

Vous de qui le conſeil trompa ſon innocence,
Et qui fauoriſez ſa deſobeiſſance,
La croyant obliger par vne trahiſon,
Allegués vous pour elle vne ſeule raiſon?
Pouuoit-elle choiſir vn party plus ſortable?
Roger auec Leon, qu'a-il de comparable?
L'vn doit paroiſtre vn iour dans cet illuſtre rang,
Que l'on a veu tenir aux Princes de ſon ſang.
L'autre n'a que la cappe & l'eſpée en partage,
Et s'il ſe peut vanter c'eſt d'vn peu de courage.

RENAVD.

Ouy, ſa ſeule vertu le doit recommander,
Comme le plus grand bien qui ſe peut poſſeder.
Auſſi vaut elle mieux que l'eſclat d'vn Empire,
Et l'honneur eſt vn bien que l'on ne peut deſtruire.
Ceux dont l'ambition ſe rauale ſi fort,
Suiuans vn faux bon-heur ſont eſclaues du ſort,

Aux belles actions auoir l'ame occupée,
Ne receuoir la loy que de sa seule espée,
Et ne voir les grandeurs qu'auecque des mespris,
C'est où doiuent butter les genereux esprits.
Le bien de la Fortune est vn bien perißable,
Et tous ses fondemens ne sont que sur du sable.
Outre que si Roger n'a pas receu des Cieux,
Ces friuoles grandeurs que vous aymez le mieux:
Si le sort en naissant luy rauit ses Prouinces,
Vous sçauez toutefois qu'il est issu de Princes.
La Fortune & les siens l'ont tousiours combatu,
Et l'ont priué de tout, horsmis de la vertu,
Quoy qu'il ne soit pas Roy, sa naissance est Royale,

AYMON.

Mais celle de Leon n'en a qu'vne d'égale,
Et vous tesmoignerez, puis que vous l'auez veu,
S'il est de qualité dont il ne soit pourueu.
N'est il pas ieune, beau, n'est il pas agreable?
N'est il pas courageux, bref n'est il pas aymable?
Et cette fille ingrate, à moins que se haïr,
Ne deuroit-elle pas l'aimer & m'obeïr?

RENAVD.

Vne inclination ne peutestre forcée.

AYMON.

C'est que pour son Roger Bradamante est bleßée,

C'est qu'elle est sans esprit &, vous sans amitié.
Ouy, son aueuglement vous deust faire pitié,
Et vous deuriez rougir de vos conseils perfides,
Qui perdent vne sœur, & font des parricides.
Reseruez vos aduis pour vne autre saison,
Et me laissez tout seul gouuerner ma maison.
I'ay plus d'aage que vous & plus d'experience,
Et vous m'estes suspect apres tant d'insolence.
Quoy! vous mesler desia de me faire la loy,
Est-ce à vous, ie vous prie, à gouuerner chez
    moy?
Et prenant sur les miens vne iniuste licence,
Obliger vn amy par cette recompense.
Vous acquerir Roger auec vn tel present.
O le bon naturel, ô le fils complaisant !

RENAVD.

Mais si ma sœur le veut, malgré vostre promesse,
La voulez-vous forcer pour le Prince de Grece?

AYMON.

Ouy, ie luy ferois voir sans le respect du Roy.

RENAVD.

Sa iustice à propos vous impose la loy.
S'il est assez vaillant pour vaincre Bradamante,
Il faudra bien alors que ma sœur y consente.
Si ce malheur arriue,

AYMON.

       Il vous trompera tous.
Il est plus courageux & plus vaillant que vous.
Ingrat :

CHARLES.

       L'euenement esclaircira l'affaire.
Vous vous picquez Aymon,

AYMON.

       I'ay raison de le faire,
Et vostre Majesté me peut bien excuser :

CHARLES.

Mais le meilleur pour vous est de vous appai-
  ser,
Et d'esperer du Ciel vne si bonne issuë,
Qu'elle confirmera l'esperance conceuë.
Mais receuons ce Prince, il s'approche de nous.

SCENE VI.

CHARLES. LEON.

CHARLES.

Vous venez sur le point, que nous parlions de
vous.

LEON.

N'ayant point merité d'estre en vostre memoire,
Par vn tel souuenir vous me comblez de gloire.

CHARLES.

Et bien depuis le temps que vous estes venu,
Quels diuertissemens vous ont entretenu ?
Est-il rien dans ma Cour capable de vous plaire ?

LEON.

L'esprit le plus chagrin s'y pourroit satisfaire :
Ie n'ay veu rien encor que rare & que charmant.

CHARLES.

Et ie voy dans ces mots l'interest d'vn amant.
Confessez que ce bien se doit à Bradamante,
Qu'à son occasion ce seiour vous contente,

Et que noſtre climat a pour vous des appas,
Qui ſans cette beauté ne nous toucheroient pas.

LEON.

Il eſt vray qu'vn amant dont l'ardeur eſt extréme,
Ne peut aimer vn lieu priué de ce qu'il ayme :
Mais dans ma paſſion, & mon aueuglement,
Encore ie conſerue vn peu de iugement.
Bradamante n'a rien qui ne ſoit adorable :
Mais auſſi voſtre Cour n'a rien de comparable ,
L'vniuers la reuere, & ces grands cheualiers,
Qui ſont de voſtre Eſtat les genereux piliers,
Releuent bien l'éclat de voſtre diademe,
Mais il reçoit ſur tout le luſtre de vous meſme.

CHARLES.

De grace, deſormais, dittes en vn peu moins.

LEON.

I'ay de ce que ie dis tous les hommes teſmoins.
Mais quoy que tout le mõde auecque moy l'aduouë,
Si voſtre Majeſté ne veut pas qu'on la louë,
Ie luy veux obeïr & changer de diſcours,
Mais tout mon entretien ſera de mes amours.
Sire, c'eſt de regret qu'vne ardeur vehemente
Me fera malgré moy combatre Bradamante.
Mais ſi le ſeul combat me la doit accorder,
Si par ce ſeul moien on la peut poſſeder,

Ie le veux entreprendre auec voftre licence.
Ie fçay que voftre Edict en donne la puiffance,
Et fur ce feul efpoir ie me fuis prefenté,
Pour obtenir ce bien de voftre Maiefté.
Voila, Sire, en deux mots le fuiet qui m'arrefte,
Si vous me refufez d'accorder ma requefte.

CHARLES.

Ce n'eft pas d'auiourd'huy que nous auons cognu
Le genereux deffein qui vous a retenu.
Il eft vray que defia ma parole m'engage,
Mais ie ne doute point d'vn fi braue courage,
Et ie croy que l'amour vous doit fauorifer.
Bien donc, vous en pouuez librement difpofer,
Elle n'en receura qu'vne parfaicte ioye.
Mais comment à propos le bon-heur nous l'en-
    uoye!

SCENE VII.

CHARLES. BRADAMANTE. LEON.

AYMON. MARFISE. RENAVD.

CHARLES.

SI pour l'amour de vous eftre folicité,
Se pouuoit appeller vne importunité,

Certes voſtre beauté me ſeroit importune :
Mais elle ayde au contraire, à ma bonne fortune,
Ie luy ſuis obligé de donner tant d'amour,
Puis qu'vn nombre d'amans embellit noſtre Cour.

BRADAMANTE.

Si voſtre Majeſté ſe donne cette peine
Pour ceux-là ſeulement que ce ſujeƈt y maine,
Vous eſtes ſi benin que i'eſpere en effeƈt,
D'obtenir le pardon du mal qu'ils vous ont faiƈt.
Leur nŏbre eſt bien ſi grãd, que dãs toute la France
Vn ſeul n'a point paru depuis voſtre ordonnance.
Bradamante leur plaiſt : mais elle couſte cher,
Et perſonne à ce prix ne la veut rechercher.

LEON.

Certes ma paſſion ſeroit trop offenſée,
Si vous n'auiez parlé contre voſtre penſée.
Iamais aucun peril ne me diuertira
De la fidelité que mon cœur vous iura,
Pour vous la conſeruer touſiours inuiolable.

BRADAMANTE.

A tant de paſſion ie ſuis trop redeuable.

CHARLES.

Et pour vous aſſeurer de ſon affeƈtion,
Ie vous veux aduertir de ſon intention.

C

Bradamante à la fin il faut courir aux armes,
Se seruir d'autres traits que de ceux devos charmes.
Il faut prendre demain la salade & l'escu,
Pour combatre celuy que vous auez vaincu.
Le voila resolu de tenter la fortune.

BRADAMANTE.

Il est donc de ceux-là que le iour importune :
Mais si peu de sujet ne l'obligera pas,
S'il a du iugement, à courir au trespas.
Sa main sera bien mieux pour vn autre occupée,
Ie ne merite pas qu'il donne vn coup d'espée.

LEON.

Si quelqu'autre moyen vous pouuoit acquerir,
I'y courrois à clos yeux sans crainte de perir,
Et me parust le Ciel contraire ou fauorable,
I'aurois dans mon malheur vn sort trop honorable.
Mais puis que maintenant il ne m'est pas permis
D'auoir d'autre destin, ny d'autres ennemis,
Il faut que de son gré la victime s'apprefte,
Et metre entre vos mains cefte coulpable tefte,
Que vous deuez punir de sa temerité,
Ou me recompenser de ma fidelité.

BRADAMANTE.

Ce courage à la fin merite Bradamante.
Ouy, Leon, il est iuste il faut qu'on vous contente.

Ie voudrois que desia vous fußiez satisfaict.
Mais toutefois l'honeur que voftre amour me faict,
M'oblige à vous donner vn conseil salutaire.
Monfieur, deportez-vous d'vn deffein temeraire,
Il tient encor à vous d'euiter ce malheur,
Ou bien foyez muny d'vne rare valeur,
Vous courez vn danger plus grand que l'on ne penfe.

LEON.

Amour contre vos coups eft toute ma defenfe,
Il les détournera fans bouger de ce cœur,
Redoublera ma force & me rendra vainqueur.
Si le Ciel m'eft contraire, & que fur la poußiere,
Ie trébuche à vos pieds priué de la lumiere,
Quels dieux, fuffent-ils tous libres de paßion,
Ne feront enuieux de ma condition?
Voir baftir mon tombeau par vne main fi belle,
N'eft-ce pas me combler d'vne gloire eternelle?

MARFISE.

Ie n'enuieray iamais vn femblable bonheur,
I'aime mieux de mon gré luy quitter cet honneur.

AYMON.

Pour le repos commun il feroit neceffaire,
Qu'on ne fe meflat point que de fon propre affaire,
Mais la confufion eft fi grande auiourd'huy,
Que chacun met le nez aux familles d'autruy.

Madame croiez-moy qu'en ce qui ne nous touche,
Nous ferions beaucoup mieux de n'ouurir point la
  bouche.

MARFISE.

Quoy Monſieur, eſt-ce donc à moy que vous parlez?
Certes c'eſt ſans ſujeĉt que vous me querelez.
Mes ſoins ſont bien ailleurs que dăs voſtre famille.

AYMON.

Pourtant vous vous meſlez de gouuerner ma fille,
Luy donner des conſeils qui troublent ſa raiſon,
Et vous auez deſia diuiſé ma maiſon.
Renaud eſt ſon azyle, & vous ſa confidente.
Et tous deux recherchez ſa ruine apparente.
Madame, c'eſt de là que naiſſent mes regrets,
Vous ne la conſeillez que pour vos intereſts,
Ou les voſtres à part, pour ceux de voſtre frere.

MARFISE.

Elle pourroit icy teſmoigner le contraire,
Et que i'ayme ſon bien que vous n'auancez pas.
L'or, les biens, les grădeurs ont pour vous des appas,
Et l'eternelle ſoif de voſtre humeur auare,
Pour voſtre propre ſang vous a rendu barbare.
Doit-elle releuer voſtre condition,
Et ſeruir d'inſtrument à voſtre ambition?
Et la contraindrez-vous de ſe rendre amoureuſe,

Pour esleuer pour vous vne fortune heureuse ?
Monsieur, vous auez tort de me faire parler,
Ie ne suis pas d'humeur de rien dissimuler :
Et les fortes raisons qui combatent pour elle,
Me feront à iamais embrasser sa querelle.

AYMON.

Ie soustiendray la mienne, & ie luy feray voir,
Que ie la puis ranger aux termes du deuoir.
Suffist que desormais rien ne vous interesse,
Que de vos actions vous soyez la maistresse,
Sans vous plus informer comment on vit chez moy.

RENAVD.

Vous quereler ainsi, mesme deuant le Roy,
C'est abuser vrayement d'vne douceur extréme.

AYMON.

Vous auez tout ouy, ie vous en dis de mesme.

RENAVD.

Et les mesmes raisons qu'elle a dittes icy,
Sauf ce que ie vous dois, ie vous les dis aussi.

CHARLES.

C'est perdre trop de temps en des discours friuoles,
Ie n'entens tous les iours que les mesmes paroles,
Aymon vostre courroux va tousiours trop auant.

LEON.

Ie dois pour m'acquiter mourir en le seruant,
Et si i'ay dans mes vœux la fortune prospere,
Ie le veux honorer comme mon propre pere.

AYMON.

Ie souftiens voftre droict auec trop de raison,
Et vous comblez d'honneur toute noftre maison.

LEON.

Doncques sur le pouuoir que l'Empereur nous dône,
Vous deuez dans le champ côparoiftre en personne,
Ie m'y rendrai demain au leuer du soleil.

BRADAMANTE.

Et ie veux, s'il se peut, preuenir son resueil,
Vous m'y verrez paroiftre, & si mal disposée,
Que vous en obtiendrez vne victoire aisée.
Ayez soin toutefois d'eftre assez bien armé.

LEON.

Ie crains plus que vos mains ces yeux qui m'ont
charmé.

ACTE II.

SCENE PREMIERE.

LEON. ROGER couuert des armes de Leon.

LEON.

E harnois vous sied bien, & le Dieu de la Thrace,
   N'eust iamais sous l'armet vne si
   bonne grace :   (moins,
Apres ces grands exploits dont mes yeux sont tes-
I'ay sur vostre valeur transporté tous mes soins.
Ie tiens par ce moyen Bradamante conquise,
Et triomphe desia d'vne victoire acquise.
O vous, par qui le Ciel me la doit accorder,
S'il m'est encor permis de vous le demander,
Souffrez qu'encor vn coup mon amour vous demande
Le pardon, que i'attens d'vne faute si grande,
Et ne soupçonnez point par cette lâcheté,
Que ie manque de cœur, comme de liberté.
Si d'autres ennemis appelloient mon espée,

Ou si pour vous seruir elle estoit occupée,
Ie fuirois ce qu'amour me faict faire auiourd'huy,
Et n'emprunterois point l'assistance d'autruy.
Cependant, cher ami, pardonnez à la crainte,
Dont ie veux aduouër que mon ame est atteinte.
Ie crains pour Bradamante aussi bië que pour vous.
De grace, retenez ces redoutables coups,
Vous en remporterez vne parfaicte gloire,
Si sans verser du sang vous auez la victoire.
Espargnez la beauté, le sexe & vostre ami.

ROGER.

Se reposer sur moi seulement à demi,
C'est me desobliger par vne mesfiance.

LEON.

t ce seroit parler contre ma conscience,
Si ie dissimulois que i'en ai du souci,
Què ie tremble pour elle, & crains pour vous aussi.
Non que vostre valeur se puisse mettre en doute:
Mais achepter mon bien par le prix qu'il me couste.
Mon frere confessez que pour me secourir,
Ie cherche des moiens,

ROGER.

       Qui me feront mourir,
Si vous perseuerez à viure de la sorte,
C'est par trop relascher d'vne amitié si forte.

Et ces

Et ces discours moqueurs, comme ils sont superflus,
Me feront croire en fin que vous ne m'aimez plus.

LEON.

Ouy, mais par ce soupçon vous vous rēdez coupable,
Ie veux qu'en vn moment la fortune m'accable,
Que du plus haut sommet de ma prosperité,
Dans vn gouffre de maux ie sois precipité.
Que ie perde à l'instant d'vn heureux hymenée,
Cette felicité que vous m'aurez donnée,
Si ie ne vous conserue vne eternelle foy,
Si mon frere tousiours ne m'est plus cher que moy:
Et si i'accepterois la meilleure fortune,
Que m'estant auec luy d'oresnauant commune,
Ie dedaigne sans luy tous les plus grands honneurs,
Nous les possederons auec tous mes bon-heurs.
Et le Ciel dont ie tiens vn sceptre en heritage,
A laissé pour nous deux l'Orient en partage.
Cependant ce harnois vous deguise si bien,
Que mes plus familiers n'y recōgnoisfront rien.
Ou si tous cognoissoient à quel point ie vous ayme,
Sans doute ils vous prendroient pour vn autre moy
    mesme.
Mais l'heure du combat m'oblige à vous quitter,
Ie perdrois trop de temps à vous soliciter.
Mon bien est asseuré par des mains si vaillantes.
Adieu, pour me cacher ie rentre dans mes tentes.

D

SCENE II.

ROGER seul.

DEs bords plus esloignés où le flambeau du iour,
Sorty de l'Ocean recommence son tour,
Iusqu'aux flots reculez où sa clarté deuale,
Est-il vne fortune à ma fortune egale ?
Malheureux si la terre en a iamais produit,
A quelle extremité te trouues-tu reduit?
C'est peu que tout le monde à ta perte conspire,
Que le Ciel auec luy s'vnisse pour te nuire,
Que tous les elemens soient armez contre toy,
Comme contre vn ingrat qui viole sa foy.
Si le Ciel pour monstrer que sa haine est extréme,
N'armoit ta propre main pour te perdre toy mesme.
Ouy, c'est le point qui reste à ton dernier malheur,
Que tu sois l'instrument de ta propre douleur.
Et tu perirois mal, si ta perte legere,
En pouuoit accuser vne cause étrangere.
Cette main, qui mes dieux, & mon Prince seruant,
M'a des plus grands perils retiré si souuent:
De qui les actions par tout victorieuses,
Aux yeux de tout le monde ont paru glorieuses,
Deuoit donc (destinée à ce fatal employ)

Traicter mes ennemis plus doucement que moy.
Malgré le souuenir de ma premiere flame,
La traiftreffe pourra s'armer contre mon ame.
Et toy cœur defloial noircy de lâcheté,
Sont-ce-là des effects de ta fidelité?
Sont-ce-là les fermens que tu fis par ma bouche?
Eclate & mets au iour le regret qui te touche,
Parois pour m'obliger à toy-mefme inhumain:
Mais non, tu dois mourir d'vne plus belle main,
Puis que c'eft Bradamante à qui ie fais l'offence,
Bradamante elle mefme en fera la vengeance.
C'eft par ce feul moien qu'il me faut acquiter,
Ie treuue mon falut à me precipiter.
A voir d'vn coup vengeur ma poictrine frapée,
Et receuoir la mort de fa fatale efpée.
Ie puis par ce moien contenter mes defirs,
Et par vn mefme fort venger fes defplaifirs.
Mais l'eftrange malheur qui me pourfuit encore!
Ie trahis par ma mort vn amy qui m'adore.
Deformais fon falut ne depend que de moi,
Et fi ie veux perir, ie lui manque de foi.
Non ie fuis obligé de tenir ma parole,
Ma refolution inutile s'enuole.
Et fi par moi Leon ne la poffede pas,
Ie ne puis fans vn crime auancer mon treffas.
Ie dois faire pour lui tout ce qui m'eft poffible,
Apres il n'eft plus rien qui ne me foit loifible.
Et m'eftant acquité de ce que ie lui dois,

Il me fera permis de mourir mille fois.
Pour lors ie treuuerai mon repos dans mes armes,
Pour lors le seul trespas aura pour moi des charmes,
Et dans mon dernier sort ie serai bien heureux,
Que ma tragique fin m'acquite à tous les deux.

SCENE III.

AYMON. RENAVD. BRADAMANTE.

AYMON.

PVis que dans ce dessein vous estes resoluë,
Que vous prenez sur vous la puissance absoluë,
Vous en ferez, Madame, à vostre volonté.
Mais vous vous souuiendrez que cette liberté,
Que cette folle amour qui vous rend mesprisable,
De mesme en peu de iours vous rendra miserable.
Vous vous repentirez d'auoir desobey,
Et vous regretterez qui vous aurez hay,
Alors que vous aurez plus d'esprit & plus d'aage,
Que vous vous guerirez de cette humeur volage,
Et qu'en vous la raison trouuera quelque part,
Vous voudrez vn mary, mais il sera trop tart.
Tout le monde rira de vous voir delaissée,
Et vous soûpirerez de vostre erreur passée.
Vous aurez de la peine à trouuer vn espoux,

Mesme voftre Roger ne voudra plus de vous.
Ie ne croy pas pourtant que ce difcours vous touche,
Et principalement quand il vient de ma bouche,
Si voftre confeiller vous en difoit autant.
Mais ie m'en vay treuuer le Roy qui vous attend.
Armez-vous cependant de cholere & de haine,
Vous ferez plus vaillante, eftant plus inhumaine.
C'eft vn traict de valeur de tuer vn amant,
Par vos yeux, par vos mains, il mourra doublement.
Va tygreffe, va monftre, horreur de la nature,
Vueille le Ciel fur toy venger ta propre iniure,
Et pour te faire voir fon pouuoir abfolu,
Te perdre en ce combat, puis que tu l'as voulu.

Il s'en va.

RENAVD.

Il faut laiffer paffer fa fougue accouftumée,
En fin tout fon courroux fe refout en fumée.
Dans fes premiers tranfports il a beaucoup de feu :
Mais apres tout, ma fœur, il vous nuira fort peu.

BRADAMANTE.

Auec voftre fupport dont ie fuis confolée,
Ma refolution ne peut eftre efbranflée.
Il n'eft point de tourment qui ne me foit leger,
Pouruen que voftre humeur ne vienne à fe changer,
Que vous n'embraffiez point le party d'vn auare.

D iij

RENAVD.

Vous deuez, aduouër que voſtre humeur eſt rare,
Et qu'vn aueuglement contre toute raiſon,
Vous faiĉt apprehender vn mal hors de ſaiſon.
Ne vous troublez-vous point d'vne crainte friuole,
Sçachant que le premier i'ay donné ma parole.
Que ie vous engageay dans vn ſi beau deſſein,
Et que ie vous ay mis cet amour dans le ſein.
Non non , ma chere ſœur, viuez toute aſſeurée,
De la protection que ie vous ay iurée :
Et que le Ciel, au cas que ie fauſſe ma foy,
Faſſe eſclatter bien-toſt ſa cholere ſur moy.
J'aime voſtre repos, comme ie le dois faire,
Outre que la vertu de Roger m'eſt ſi chere,
Que n'ayant d'autre but que voſtre commun bien,
L'intereſt de tous deux ſera touſiours le mien.
Et ie tiendrois, ma ſœur, pour vn bonheur extréme,
S'il m'eſtoit accordé de combatre moy-meſme ,
Tenir à ce beſoin la place de l'abſent :
Mais vous auez pour luy le bras aſſez puiſſant,
Voſtre rare valeur m'eſt aſſés bien connuë,
Pour me faire eſperer la victoire obtenuë.
Si le contraire arriue, aſſeurés vous ma ſœur,
Qu'il en ſera bien tard paiſible poſſeſſeur.
Et ſi vous ne viués que dans cette penſée,
Ie ne ſouffriray point que vous ſoyés forcée.
Nous y pourrons pouruoir ſans offenſer le Roi :

En tous cas de ces ſoins repoſés vous ſur moi,
Et ſoiés de ces ſoins vn peu moins affligée.

BRADAMANTE.

Ah mon frere à quel poinct ie vous ſuis obligée,
Si le Ciel me permet,

RENAVD.

N'allons pas plus auant.

BRADAMANTE.

Mon frere ie voudrois mourir en vous ſer-
uant.

RENAVD.

Ie m'en vai vous quitter pour aller dans la
place,
Où deſia pour vous voir tout le peuple s'amaſ-
ſe,
Toute la Cour attend ce qui reüſſira.
Quand il faudra venir on vous aduertira.

SCENE IV.

BRADAMANTE. HIPALQVE.

BRADAMANTE.

Maintenant que ie puis foûpirer & me plain-
　　dre,
Et qu'aucune raifon ne m'oblige de feindre,
Hipalque encor vn coup que ie t'ouure mon cœur.
Mais ne me flatte plus d'vn langage moqueur,
Puis que tu me trahis, me cachant ta penfée,
Confeffe qu'à la fin cet ingrat m'a laiffée,
Que toutes tes raifons ne le defendent pas,
Et que fa perfidie eft digne du trefpas,
Qu'il fait à fon honneur vne honteufe tcahe,
Et qu'on ne peut commettre vne action plus lâche.
Les fermens qu'il me fit, ceux qu'il reçeut de moi,
Le Ciel qu'il appella pour tefmoin de fa foi,
Ces larmes, ces foûpirs, ces promeffes fi faintes,
Dans l'ame d'vn Roger eftre fi toft efteintes!
C'eft ce que ta raifon ne peut plus excufer,
Et tu te ferois tort de le fauorifer,
Puis que ton intereft te mefle à mon iniure,
Tu deurois la premiere accufer ce pariure.

Veu

Veu que ce desloyal t'abusa si souuent,
Et repeut ton esprit de mensonge & de vent :
Toutesfois, si tu peux, prens encore sa cause,
Pour le iustifier inuente quelque chose,
Et tu m'obligeras si mon esprit consent,
Apres t'auoir ouye, à le croire innocent :
Pleust aux dieux qu'il le fust !

HIPALQVE.

        S'il ne l'estoit, Madame,
Ie serois la premiere à luy donner du blasme,
Et ie le haïrois pour sa legereté,
Comme ie le defends pour sa fidelité.
Ie connois trop Roger, & son ame est trop haute
Pour le simple soupçon d'vne si noire faute,
Ie sçay bien que son cœur n'eut iamais tant d'a-
    mour,
Et que priué de vous, il est priué du iour.

BRADAMANTE.

Si i'occupois encor vn lieu dans sa pensée,
Sans en auoir sujet m'auroit-il delaißée ?
Et s'il me conseruoit quelque reste de foy,
Pourroit-il si long-temps viure esloigné de moy ?
Maintenant qu'il sçait bien que ie suis tourmentée,
Qu'à son occasion ie suis persecutée,
Que pour luy ie rejette vn Prince suppliant,
Et refuse pour luy l'Empire d'Orient.

HIPALQVE.

Si sa profession n'obligeoit son courage
Dans les occasions où son honneur l'engage,
Et si les Cheualiers ne deuoient à clos yeux
Tenter à tous momens les perils glorieux,
Ce long retardement me mettroit bien en peine,
Mais c'est quelque auёture, où son deuoir le meine,
Ou quelque desplaisir, qui l'ont fait esloigner.

BRADAMANTE.

Mais pourquoy ce despart sans me le tesmoigner,
Sans me dire vn adieu, qu'est-ce qui l'en dispense?

HIPALQVE.

On s'esloigne souuent beaucoup plus qu'on ne pense,
Et par fois on medite vn voyage d'vn iour,
Et les dieux à leur gré disposent du retour.
Quoy qu'il en soit, Madame, effacez cette crainte,
Dont sans aucun sujet ie voy vostre ame attainte.
Asseurez vos soupçons sur vn bon fondement,
Et croyez que iamais vous ne perdrez amant.
Autrefois ce tyran de nostre fantaisie
Trauailla vostre esprit par vne ialousie,
Lors que ceux d'Agramant (il m'en souuiёt assez)
Par vostre belle main se virent renuersez :
Et qu'vne lance d'or fit voler sur la croupe
Des plus fiers Sarrasins vne confuse troupe,

Vostre cœur sans raison se voulut ressentir,
Mais Roger innocent vous en fist repentir.

BRADAMANTE.

Bien donc veuille le ciel que tu sois veritable,
Je croiray pour te plaire vne chose incroyable.
Mais ie crains, le voyant si long-temps retenu,
Que quelque grand malheur ne luy soit aduenu.
Possible à ce moment priué de la lumiere,
Il me garde au tombeau son amitié premiere,
Puis que si par mon feu ie puis iuger du sien,
On ne sçauroit tant viure esloigné de son bien.
Non, quoy que sa promesse, ou son honneur l'engage,
Il n'est rien qui le peust retenir dauantage,
Et pour me voir encor il feroit vn effort,
S'il n'estoit loin de nous, ou prisonnier, ou mort.
Helas, s'il est ainsi, chere ame de mon ame,
Croy que ie te conserue vne immuable flame,
Et que mort & viuant tu te peux asseurer
D'vne fidelité qui doit tousiours durer.
Pour toy contre les miens ie feray des miracles,
Ie forcerai pour toi toute sorte d'obstacle,
Pour toi tous mes amans seront mes ennemis,
Et me seruant du droict que le Roi m'a permis,
Parauant que la nuict nous oste la lumiere,
Ton riual passera l'infernale riuiere.
Par sa punition tu seras satisfaict,
Et son sang lauera l'offense qu'il te faict.

Ma main, ſi ce Gregeois peut retarder ta gloire,
Et ſi du premier coup tu n'obtiens la victoire,
Ie te deſaduoüeray : Mais qui me vient troubler?
Ah! c'eſt vous ma compagne.

SCENE V.

MARFISE. BRADAMANTE.

MARFISE.

IL n'en faut plus parler,
N'y ſongez plus ma ſœur, ſa perte eſt aſſeurée,
Puis que voſtre vaillance auiourd'huy l'a iurée :
Ah, que mon frere & moi vous ſommes obligez!
Que fera-il pour vous, puiſque vous le vengez!
Que du tort qu'on luy fait vous faites voſtre offenſe,
Et contre ſes riuaux vous prenez ſa defenſe.
Certes s'il ſçauoit bien que pour l'amour de lui
Vous courez ce hazard il en mourroit d'ennui :
Et moi comme ſa ſœur, que faut-il que ie face,
Ne m'eſtant pas permis de tenir voſtre place?

BRADAMANTE.

Ce que pour n'eſtre ingrate il faut que vous faſſiez,
C'eſt de m'aimer ma ſœur, & que vous confeſſiez

Que nous ayant quittez en l'eftat où nous fommes,
Roger eft auiourd'huy le plus ingrat des hommes.

MARFISE.

Si la neceßité ne l'a point diuerti,
Vous ne me verrez pas embraffer fon parti,
Ie ferai la premiere à punir ce parjure,
Et de voftre intereft ie ferai mon injure.
Mais quittons ce difcours, Bradamante il eft tĕps,
L'Empereur dans la place attend les combattans,
Le peuple eft affemblé.

BRADAMANTE.

     Roger l'heure eft venuë,
Que mon affection doit eftre reconnuë.
Allons ma fœur, allons, & Leon.

MARFISE.

       Il eft preft.

BRADAMANTE.

I'ay donné de fa mort l'irreuocable Arreft,
Et fa prefomption fera fi bien punie,
Qu'on verra mes parens pleurer leur tyrannie.

SCENE VI.

CHARLES. AYMON. RENAVD. NAYMES.

CHARLES.

Le champ de bataille doit paroiftre, & l'Empereur auec les affiftans aux barrieres.

CErtes vn cœur bleßé de cette paßion,
Eft vn tres-digne objet de la compaßion,
Et si l'on connoiffoit les malheurs qu'elle caufe,
Les hommes la fuiroient par deffus toutes chofes.
Pour moy pendant le temps qu'vn fang plus vi-
　　goureux,
M'entretenoit außi de defirs amoureux,
Ie ne fus pas exempt des malheurs de cet aage.
Mais depuis que les ans m'ont fait vn peu plus fage,
Comme fans paßion, iugeant plus fainement
Des peines, des foucis, des chagrins d'vn amant:
I'ay connu que le ciel rendoit vn bon office
A ceux qu'il a laiffez, libres de ce fupplice.

AYMON.

On ne fçauroit blafmer vn feu refpectueux,
Vn amour qui n'a rien qui ne foit vertueux,
Mefme à qui les parens ont donné la naiffance,

Ou l'ont authorisé d'vne iuste licence :
Mais ceux qui preuenus de ceste passion,
S'engagent follement dans vne affection,
Qui ne releuent point des volontez d'vn pere,
Et mesprisent le bien qui leur est necessaire,
Deuroient estre punis.

RENAVD.

Tout interest à part,
On excuse vn peché qui se fait par hazard,
Se commet sans dessein par vne seule œillade,
Qui rend le plus souuent vn esprit si malade,
Qu'il est bien malaisé que dans cette prison,
Vn cœur sans liberté laisse agir la raison,
Puisse considerer ce que le temps exige,
Mesme à quoy le deuoir & le sang nous oblige.

AYMON.

Ie vous tiens pour suspect.

CHARLES.

Et vous l'estes aussi,
Mais tréue à ce discours, Bradamante est ici.

NAYMES.

Cette ferocité pleine de tant d'audace,
Qui mesme sous l'armet se remarque en sa face,
Ce port majestueux & doux également,

Paroiſt en meſme temps redoutable & charmant.

CHARLES.

Ah, que ſi vous pouuiez recouurer la ieuneſſe:
Mais la foule ſe fend pour le Prince de Grece,
Le voila dans le champ ſuperbement armé.

AYMON.

Confeſſez que ce port n'eſt pas moins animé,
Que ſa demarche eſt graue, & ſa taille diuine,
Et que nos paladins n'ont pas meilleure mine.

SCENE VII.

MARFISE. ZENON. CHARLES. BRADAMANTE. ROGER. AYMON. RENAVD. NAYMES.

MARFISE.

Ire, mon champion demande le pouuoir
A voſtre Majeſté de faire ſon deuoir.

ZENON.

Ie vous fais pour le mien vne meſme priere.
CHAR-

CHARLES.

Et i'en donne à tous deux vne puiſſance entiere.
Naymes ayez le ſoin, comme experimenté,
Que ſuiuant la couſtume & la formalité,
Entre les combattans le ſoleil ſe partage,
Et qu'ils ſoient en tous poinɛts ſans aucun auãtage.

NAYMES.

Il les met en
termes de
combattre.

Pour en venir aux mains, ie croy que c'eſt aſſez,
Ils ſont à l'oppoſite également placez,
Maintenant que le Roy le combat authoriſe,
Que des yeux, ni des mains nul ne les fauoriſe.

BRADAMANTE, mettant la main à l'eſpée.

C'eſt le fer à la main qu'il me faut conquerir.

ROGER, ſous les armes de Leon, tout bas.

Puis que vous l'ordonnez, ie vous rendray contente.

CHARLES.

Conſiderez vn peu la main de Bradamante,
Vous iugerez ſon bras qui frappe ſi ſouuent,
Vne foudre, vn eſclair, vn tourbillon de vent,
Et ie croy que Leon aura bien de la peine.

Ils ſe battẽt,
& Roger ne
fait que pa-
rer les
coups.

AYMON.

Conſiderez auſſi comme ſa fougue eſt vaine,

Comme il fait ce duël sans animosité,
Et rabat tous les coups auec dexterité :
Qu'il ne s'esbranle point par cette violence,
Et tient sans la frapper le combat en balance.

Bradamante
se retire
pour repren-
dre haleine,
& Roger en
fait de mes-
me.

NAYMES.

Par vn si grand trauail ils sont tous deux lassez.

AYMON.

Ie connois qu'à la fin mes vœux sont exaucez,
Et que ce grand guerrier trompera tout le monde.

CHARLES.

Certes, cette valeur n'en a point de seconde.

AYMON.

Et bien quand ce Roger combattroit à vos yeux,
Croyez-vous pas Renaud, qu'il feroit beaucoup
　　　　mieux ?

RENAVD.

Ie le veux aduouër, sa valeur est extréme,
Ou ie croy que ma sœur ne soit plus elle-mesme.
Ah, qu'elle soustient mal le droict de son Amant !

MARFISE.

Elle ne le sçauroit plus courageusement.

ROGER, bas.

Malheureux vois-tu pas que ce repos te tuë,
Reprens Roger, reprens ta vigueur abbatuë,
Songe qu'il faut mourir, obeïs toutefois,
Et ne l'offenſe pas pour la derniere fois.

BRADAMANTE.

Apres vn tel repos, tu ne meurs pas de honte,
Tente vn dernier effort, ou peris, ou ſurmonte.

Elle recommence le combat.

NAYMES.

Ils ont recommencé plus fort qu'auparauant.

MARFISE.

O malheur! ô deſtin variable & mouuant!
Ah! ma ſœur n'en peut plus, ô regret qui me tuë!

Bradamante recule, & Roger la pourſuit.

ROGER, deguiſant ſa voix.

Madame, confeſſez que vous eſtes vaincuë,
Que vos plus grands efforts ſont en fin ſuperflus.

Il paſſe ſur elle, & luy oſte ſon eſpée : mais Bradamante ne laiſſe pas de ſe ietter ſur luy plus furieuſe que auparauant.

BRADAMANTE.

Je le confeſſerois ſi ie ne viuois plus;
Mais croy qu'auec le iour ie perdray la victoire,
Et que ma ſeule mort t'en donnera la gloire.

AYMON.

Sire, vous voyez bien la chose comme elle est,
Ne le permettez pas, empeschez s'il vous plaist.

Il les separe.

CHARLES.

Appaisez les bouïllons de ce masle courage,
Ne le contestez plus, Leon a l'auantage.

BRADAMANTE.

Il est vray, mais ma mort.

MARFISE.

Ne desesperez pas.

Elles se retirent.

Et Roger aussi.

ROGER.

Et toy, puisque ses mains ne te l'ont point rauie,
Va finir dans l'horreur ta miserable vie.

CHARLES.

Il se veut desarmer, retirons-nous aussi.

AYMON.

O ciel! que ta iustice esclatte bien icy,
Me pouuois-tu combler d'vne parfaite ioye,
Qu'en me donnant le bien que ta bonté m'enuoyes

ACTE III.

SCENE PREMIERE.

BRADAMANTE. MARFISE.

BRADAMANTE.

EN vain voſtre pitié s'offre à me ſe-
    courir,
Ne me conſolez plus ma ſœur, ie dois
    mourir,
Rien ne peut deſtourner ce deſſein immuable.
Quoy, par ma lâcheté ie viurois miſerable !
Ie viuray pour Leon, & non pas pour Roger:
Ah ! non, n'eſperez pas de me faire changer.
Vous me verrez pluſtoſt vomir le ſang & l'ame,
Qu'allumer dans mon cœur vne nouuelle flame.
Autre que mon Roger n'eut iamais ce pouuoir,
Ie ſçay bien que ie l'ayme au delà du deuoir,
Et que vous, dont l'eſprit a plus de retenuë,
Blaſmerez vne ardeur qui vous eſt inconnuë.
Que vous condamnerez ces violens tranſports,

Qui portent vne fille à de ſi grands efforts:
Mais ſi voſtre vertu de mon amour s'offence,
Quand vous reconnoiſtrez cette meſme puiſſance,
Ce tyran de nos cœurs, qui me force d'aymer,
Vous me plaindrez, Madame, au lieu de me blaſ-
    mer.

MARFISE.

Iamais vos actions n'ont merité de blaſme,
Ie ne condamne pas vne pudique flame;
Et quoy que iuſqu'icy mon cœur ait reſiſté,
Il a plus de froideur que de ſeuerité.
Au contraire ma ſœur, vous eſtant obligée,
Ie ſuis également auec vous affligée,
Nos eſprits ſont touchez d'vne meſme douleur,
Comme mon propre mal, ie plains voſtre malheur.
Et ſi ie vous condamne en cette violance,
C'eſt de peu de courage, ou de peu de conſtance.
Vous deuriez, ce me ſemble, auec ce meſme cœur,
Qui de mille perils s'eſt retiré vainqueur,
Qui par mille combats s'eſt rendu redoutable,
Gaigner ſur voſtre eſprit la victoire ſemblable.

BRADAMANTE.

Ouy, mais ce meſme cœur que vous auez vanté,
S'eſt noircy maintenant par vne lâcheté,
Le traiſtre a peu ſouffrir que cette main plus lâche,
Efface le paſſé par vne ſeule tache:

Au lieu de me defendre & de me secourir,
Tous deux ont conspiré pour me faire mourir.
Qu'ils meurent donc tous deux, puisque le ciel l'or-
     donne,
Auant que ce Leon possede ma personne,
Qu'il ait quélque pouuoir dessus ma liberté.
Laissez-moy donc, ma sœur, dans cette volonté,
Et ne destournez plus vn dessein legitime,
Puisque vostre amitié vous fait cõmettre vn crime.
Serez-vous biẽ ioyeuse, au moins si vous m'aymez,
De voir mes tristes iours en regrets consommez,
Voir vostre Bradamante aux larmes condemnée,
Entrer dans vn vefuage au lieu d'vn hymenée :
Que le plus odieux de tous ses ennemis,
Se vante des baisers qui luy seront permis ;
Qu'il possede à son aise, & mes yeux, & ma bouche,
Et me mette aux enfers, me mettant dans sa couche.
Que quand cette raison ne vous toucheroit point,
L'interest de Roger à mon malheur est joint,
Puisque sa passion, qui m'est desia connuë,
Ne verra, sans mourir, sa flame preuenuë.
Il ne me verra pas entre les bras d'autruy,
Sçachant que ma vertu ne pourra rien pour luy.
Car apres que l'Hymen m'aura desia liée,
Si ma premiere amour ne peut estre oubliée,
Pour le moins mon deuoir la conduira si bien,
Que mourant à mes yeux, il n'en obtiendra rien.
Souffrez, si vous l'aymez, comme le sang l'ordonne,

Que n'eſtant point à luy, ie ne ſois à perſonne,
Et ne permettez pas qu'vn riual odieux,
Le pouuant empeſcher, en triomphe à vos yeux.

M A R F I S E.

Ie ne permettray pas qu'vn autre vous poſſede,
Mais nous y pouruoirons par vn autre remede;
Et certes ie m'eſtonne, ayant tant de vertu,
Que vous ayez le cœur tellement abbatu.
Pardonnez-moi, ma ſœur, ſi i'vſe de ces termes,
Ouy, vous deuriez auoir les ſentimens plus fermes,
Et ne teſmoigner pas à vos meilleurs amis,
Qu'ayant paru plus qu'homme entre mille enne-
　　mis,
Au moindre deſplaiſir qui trauaille voſtre ame,
Vous aués teſmoigné moins de cœur qu'vne femme.
Ie voi bien qu'en ce cas on eſt peu conſolé,
Que l'eſprit le plus fort en ſeroit eſbranlé,
Et que quand ce malheur vne amitié ſepare,
La raiſon n'agit point, & la conſtance eſt rare:
Mais que le deſeſpoir vous reduiſe à ce point,
Sçachez que voſtre amour ne vous excuſe point,
Vous ne pouués douter que ie n'aime mon frere
Autant que le deuoir m'oblige de le faire:
Et que i'ay ſon honneur & ſon repos ſi cher,
Que voſtre mal me doit egalement toucher.
Ie vous proteſte auſſi, que ie perdray la vie,
Auant que par Leon vous lui ſoyez rauie.

Mais

Mais il vous faut tenir dans des termes plus doux,
Et me laisser agir plus sagement que vous.

SCENE II.

RENAVD. MARFISE. BRADAMANTE.

RENAVD.

Comment gouuernez-vous cette desespe-
rée?

MARFISE.

Certes, vostre presence estoit bien desirée,
Et vous me surprenez au milieu d'vn discours,
Où ie n'auois besoin que de vostre secours.

RENAVD.

Vous n'en eustes iamais dans aucune conqueste,
Et tous ces beaux lauriers qui couurent vostre teste,
C'est vostre seule main qui vous les a donnez,
Et faits ces grands exploicts qui nous ont estonnez.
Mais autant que le mal de ma sœur nous afflige,
Autant vostre pitié, Madame, nous oblige,
Et cette charité que vous luy témoignez,
A de puissans liens, dont vous nous estreignez.

G

BRADAMANTE.

Ouy, de cette bonté i'ay l'ame si rauie.

MARFISE.

Quand mesme son repos dependroit de ma vie,
Ie vous iure le ciel que ie la donnerois,
Et mesme à ce prix ie le racheterois.
Mais puisque dans ses maux ie suis interessée,
Vn dessein que le ciel m'a mis dans la pensée,
Me laisse vn grand espoir qu'il nous sera permis
De rompre encor vn coup celuy des ennemis.
Ie vous le veux ouurir, puisque vostre prudence
Nous fait auoir besoin de vostre confidence,
Et qu'auec vos conseils il reüßira bien.

RENAVD.

Vous me comblez d'honneur.

MARFISE.

Vostre sœur n'en sçait rien.
Quoy qu'aucune raison ne veut que ie le cache,
Ie vous en veux parler auant qu'elle le sçache.

BRADAMANTE.

Ouure la source de tes pleurs,
Fais couler vn ruisseau de larmes,
Et meurs au moins par ces douleurs,
N'ayant peu mourir par les armes.
Preuiens cette captiuité,

Qui menace ta liberté
D'vne prison insupportable:
Et fais paroistre aux Dieux qui sont tes ennemis,
Que tu ne meurs pas miserable,
Puisque pour t'affranchir le trespas t'est permis.

Cette main, qui dans les dangers
Tesmoigna sa valeur extréme,
Est forte pour les estrangers,
Et n'est foible que pour toy-mesme.
Arme-la donc à ton secours,
Pour couper le fil de tes iours :
Mais non, estant ton ennemie,
L'ingrate à ce besoin craindroit de t'obliger,
Et sa valeur est endormie,
Sinon que ses effets te puissent affliger.

RENAVD.

Ouy, la mesme prudence ordonne qu'on le suiue,
Il faut encor vn coup que Bradamante viue.
Que sa fidelité conserue son amour,
Et reçoiue de vous le repos & le iour.
Leon est au Palais, plein d'honneur & de gloire,
Il demande desia le prix de sa victoire,
Et le vieillard Aymon, las de le caresser,
N'attend plus que ma sœur pour le recompenser,
Mais vous le troublerez.

G ij

BRADAMANTE.

Hé, dites-moy mon frere.

RENAVD.

Vous sçaurez en chemin ce que vous deuez faire,
Disposez-vous desia pour agir auec nous.

MARFISE.

Ie seray chez le Roy presque aussi tost que vous.

SCENE III.

ROGER, en son premier habit.

IE puis, desueloppé d'vne suite importune,
Me plaindre en liberté des traits de la fortune,
Et deuant que ma main finisse mon tourment,
Rappeller mes douleurs pour mourir doublement:
Puis que de tant de maux estant la seule cause,
Vne mort seulement seroit trop peu de chose.
Resous-toy, miserable, à mourir mille fois,
Et ne regrette pas l'estat où tu te vois.
Conserue pour toy-mesme vn sentiment farouche,
Et que de tes malheurs la pitié ne te touche,
Estant le plus cruël de tous tes ennemis,

Les pires traitemens te feront bien permis.
Iustes Dieux! falloit-il que de mon mal extreme,
Ie deuinsse l'autheur & la cause moy-mesme?
Et que i'enueloppasse en mon iniufte fort,
Celle que i'aymois tant, & qui m'aymoit si fort.
Eft-ce à voftre repos vne chofe importante,
De perdre auec Roger fa chere Bradamante?
Et n'obtiendriez-vous pas le comble de vos vœux,
Si vous en perdiez vn, fans les perdre tous deux?
Helas! fi pour faouler voftre haine implacable,
Vous gardiez à mes iours vn fort fi deplorable.
Que ne m'accordiez-vous d'affouuir la fureur,
Et le iufte courroux d'vn barbare Empereur?
Si dans vne prifon i'euffe perdu ma tefte,
Voftre haine n'eftoit qu'à demy fatisfaite.
Et moy ie n'eftois pas malheureux en tout point,
Si mefme à tous mes maux le remords n'eftoit ioint.
Ce n'eftoit pas affez d'vne feule victime,
Et ie deuois perir coupable d'vn grand crime.
O vous que ie perdis par cette trahifon!
Puifque mes repentirs ne font plus de faifon,
Et que c'eft vainement que la douleur me touche,
Prononcez mon arreft par voftre belle bouche,
Condemnez cet ingrat aux plus cruëls tourmens,
Qu'ont iamais merité les perfides amans.
Rien ne me peut feruir de pretexte ou d'excufe,
Et pour vous preuenir, moy-mefme ie m'accufe.
Il eft vray, i'ay failly, mais par vn tel forfait,

Que rien n'effacera le crime que i'ay fait.
Cette main sacrilege ayant eu la puissance
De s'armer contre vous auec tant d'insolence,
Ayant peu consentir à ce lasche dessein,
Me pourra bien plonger vn poignard dans le sein.
Aussi ie n'en attends que ce dernier seruice,
Ie lui pardonne tout apres ce bon office.
Estant accoustumée à me faire mourir,
Ie vois que sa pitié s'offre à me secourir.
Mais ie m'espargnerois par vn si doux remede,
Non perfide, à ce coup ie refuse ton ayde.
Tu finirois mes maux par vne prompte mort,
Et ie la veux souffrir, mais auec moins d'effort.
Ie veux, ie veux sentir toute son amertume,
Que l'horreur de la faim me mine & me consume,
Et que mon desespoir me tuant à son tour,
Me fasse auant ma mort mourir cent fois le iour.
D'vn Ours ou d'vn Lion le giste espouuentable,
Sera doresnauant ma retraitte effroyable,
Où tous ces animaux s'armeront contre moy,
Et me reprocheront que i'ay manqué de foy.
Leurs ventres affamez seront ma sepulture,
Ils enseueliront ce monstre de nature,
Et leur dent pitoiable aux siecles auenir,
Effaceront mon crime auec mon souuenir.
Ie puis mourir, Leon, sans que ma mort t'offense,
Ie me suis acquitté par cette recompense.
Bradamante est à toi, vis desormais content,

Et meurs entre les bras de celle qui t'atent.
Pour moi ie t'abandonne, & cette ingrate ville,
Puisque doresnauant ie te suis inutile,
Et que sans te troubler il ne m'est pas permis
De te voir triompher du mal que i'ai commis.

SCENE IV.

CHARLES. LEON. AYMON. MARFISE. BRADAMANTE. RENAVD.

CHARLES.

*P*Rince cheri du ciel, vostre valeur est telle,
  Qu'au iugement de tous elle est plus que mor-
   telle,
Et ne se peut payer que par vn tel present,
Apres ces beaux exploicts Bradamante y consent.
Il est vray que iamais vne fille bien née,
Ne subit sans rougir le ioug de l'Hymenée,
Et que ce long silence & cet œil abbatu,
Au lieu de son mespris tesmoigne sa vertu.
Aussi dans sa froideur elle seroit blasmée,
Si de tant de vertus elle n'estoit charmée.
Les rares qualitez d'vn si parfait amant,

Amolliroient sans doute vn cœur de diamant.

LEON.

Inuincible Empereur, ie vis dans l'esperance,
Puisque vostre grandeur entreprend ma defence.
I'attends de ma valeur & de ma qualité.
Moins que de mon amour & de vostre bonté.
L'vn & l'autre me donne vn esprit legitime,
Et mon ambition passeroit pour vn crime,
Si i'osois presumer, que i'ay receu des cieux
Quelqu'autre qualité qui la merite mieux.
Ma seule passion l'oblige à quelque chose,
Et non pas cette loy que ma victoire impose.
C'est par là seulement que ie la veux fleschir,
Et le hazard n'a rien qui me puisse affranchir.
Mais parmi tant de biens que le destin m'enuoye,
Vous seule estes contraire à la commune ioye.
Maintenant que le ciel me void d'vn si bon œil,
Vous me desesperez par vn si triste accueil:
Que l'amour la plus froide & la plus retenuë,
Doit estre, à mon aduis, autrement reconnuë.
Monstrez-nous donc, Madame, vn visage con-
　　tent,
Ne vous opposez pas au bon-heur qui m'attend,
Et souffrez sans regret, que le ciel nous assemble,
Et ioigne, pour iamais, nos deux ames ensem-
　　ble.
Vous ne respondez rien.

AYMON

AYMON.

Bradamante parlez,
Ce silence indiscret nous a desia troublez.

MARFISE.

Ceux qui sont trauaillez d'vn ver de conscience,
Couurent leur repentir d'vn semblable silence.
Le souuenir d'vn crime imprime des remords,
Qui gesnent nos esprits de plus de mille morts.

BRADAMANTE.

Grace aux Dieux, les remords n'affligent point
*   mon ame,*
I'ay vescu sans reproche, expliqués-vous Madame,
Et ne m'offensez point en presence du Roy.

MARFISE.

Si trahir vn amant, si violer sa foy,
Si fausser lâchement la parole donnée,
Reuoquer des sermens, & rompre vn hymenée,
Sont de ces actions que l'on doit estimer,
Au iugement de tous i'ay tort de vous blasmer.
Vous m'entendez, Madame, & la hõte s'imprime
Sur vostre front changé, qui confesse son crime.
Ouy, vous vous souuenez du iour que deuant moy,
A mon frere Roger vous donnastes la foy.
Renaud y fut aussi tesmoin de vos caresses,

H

Et le ciel appellé dans toutes vos promesses,
Auec tant de sermens, que ne les tenant pas,
Vous obligez la terre à s'ouurir sous vos pas.
C'est ce qu'auparauant que le soleil se cache,
Ie veux que par ma voix toute la France sçache,
Et que deuant les yeux de l'Empereur Romain,
Ie vous veux maintenir les armes à la main,
Vous faire malgré vous tenir vostre promesse.
Que si dans ce sujet quelqu'autre s'interesse,
Qu'il releue ce gage, & qu'il vienne au combat.
Quelle soudaine peur ce grand courage abbat.
Vous ne respondez rien, ô grands Dieux ! Bra-
*   damante*
A ce mot de combat pâlit & s'espouuante.
Parlez vn peu, Madame, & s'il vous est permis,
Purgez-vous d'vn forfait deuant vos ennemis,
C'est moy, qui vous deffie, & sur cette querelle,
Ie veux encor Renaud vous combattre auec elle,
Si vous ne confessez tout ce qui s'est passé.

AYMON.

D'où vient qu'à ce deffi vous estes si glassé ?
Quoy, l'honneur de Clairmont a-t'il pris l'espou-
*   uante ?*
Marfise fait trembler Renaud & Bradamante.

RENAVD.

Les plus sanglans duëls ne sont plus estrangers

A qui ne s'eſt nourry que parmy les dangers.
C'eſt le ſeul exercice où cette main s'adonne,
Qui iamais au combat ne refuſa perſonne.
Elle met en vſage, & la lance, & l'eſcu,
Mais c'eſt la verité, dont ie me ſens vaincu :
Ie n'ay point ſur ma force aſſez de confiance,
Pour entrer dans le camp contre ma conſcience.
Il eſt vrai que ma ſœur eſt promiſe à Roger,
Auec tant de ſermens, qu'elle ne peut changer.

AYMON.

Iuſtes dieux! pouuez-vous ſouffrir cette impoſture?
Mais ie ſeray pour eux ſenſible à leur injure.
Ouy, ie veux m'oppoſer à cette trahiſon,
Qu'on braſſe lâchement contre noſtre maiſon.
Ie ſçai que ce perfide a conjuré ma perte,
Mais il ſoûpirera, ſa ruſe découuerte,
Il ſe repentira de m'auoir offenſé.

LEON.

De quels empeſchemens me vois-je trauerſé ?
Ha, Madame, à ce coup ouurez vn peu la bouche,
Qu'à cette extremité ma paſſion vous touche,
Et ne conſpirez pas auec mes ennemis,
Pour me voler vn bien que le ciel m'a promis.

CHARLES.

L'eſprit le plus ſubtil ici ne verroit goute,

Bradamante, il eſt temps de nous tirer de doute:
Enfin par vos diſcours ſçachons la verité.

BRADAMANTE.

Puiſqu'il faut obeïr à voſtre Majeſté,
Ie la veux ſupplier de voir ſur mon viſage,
De ma confeßion l'infaillible preſage :
De remarquer ce front, qui parle aſſez pour moy.
Ouy, Sire, il eſt certain que i'ay donné ma foy.

LEON.

O mortelle ſentence!

AYMON.

O menſonge execrable!
Le ciel vit-il iamais vne fourbe ſemblable?
Non, non, il n'en eſt rien, ie le maintiens à tous.
Quoy, Sire, auoir le front de mentir deuant vous?
Et voſtre Majeſté, ſi ſainte, & ſi ſacrée,
Souffrir impunément l'impoſture auerée?
Ils ont également braſſé la trahiſon.

MARFISE.

Vous auez preſque attaint la derniere ſaiſon,
L'eſprit, comme le corps, s'affoiblit auec l'aage.

AYMON.

Il m'a raui la force, & non pas le courage:

Ce corps eſt affoibli, mais il me reſte vn cœur,
Qui de mille perils m'a retiré vainqueur.
Il me reſte, Madame, en ſa vigueur premiere,
Et ſçachez, que pluſtoſt ie perdray la lumiere,
Tout caduc que ie ſuis, que de ſouffrir de vous
Vn ſi ſenſible affront, qui nous offenſe tous.
La lâcheté des miens vous l'a fait entreprendre,
Mais mõn propre intereſt m'oblige à les defendre.
Ie veux encore vn coup endoſſer le harnois,
Pour ſouſtenir mon droict, & la rigueur des lois,
Faire voir à Roger, quelque part qu'il ſe cache,
Que le ſang de Clairmont ne ſouffre point de tache.
Que ie ne puis ſuruiure à la honte des miens,
Et qu'il ſe meſle vn iour de diſpoſer des ſiens.
Qu'il pretẽd vainement d'entrer dans ma famille,
Que Renaud n'euſt iamais de pouuoir ſur ma fille.
Et que quand l'imprudente auroit donné ſa foy,
Elle n'a pas le droict d'en diſpoſer ſans moy:
C'eſt ce que ie ſouſtiens.

MARFISE.

Le peril eſt extréme.
Mais quoy qu'en ce combat la gloire fuſt de meſme,
J'attendray ſur l'eſpoir de vous voir rajeunir.
Cependant contre tous ie m'offre à ſouſtenir.
Qu'on n'eſpere iamais d'eſpouſer Bradamante,
Que de ſon propre gré mon frere n'y conſente.
Et puiſqu'il eſt abſent, ie combattray pour luy.

AYMON.

Donc que ce different se termine auiourd'huy,
Ouy, Madame, ie veux moi-mesme vous combat-
　　tre,
Et de ma propre main cette insolence abbatre,
Magnanime Empereur.

LEON.

　　　　　　Monsieur retirez-vous,
L'exercice de Mars est desormais pour nous,
Et principalement quand l'affaire nous touche.
Ie dois seul m'opposer à cet esprit farouche,
Et lui faire aduouër, que tres-mal à propos,
Au poinct de mon bonheur, on trouble mon repos.
I'entreprends ce duel, puisqu'il vous plaist, Ma-
　　dame,
Ma main, auec regret, s'arme contre une femme.
Ie verrois vn guerrier plus volontiers que vous,
Qui semblez destinée à des combats plus doux.

MARFISE.

Iamais les plus sanglans n'ont changé ce visa-
　　ge,
I'ay dans mille perils signalé mon courage,
Et mille caualiers, à mes pieds renuersez,
Craignent encor la main qui les a terrassez.

CHARLES.

La valeur de tous deux est assez recognuë :
Mais puisque nostre loy doit estre maintenuë,
Et que cette Amazone en doit estre le prix,
Ie consens à regret au combat entrepris :
Demain, dez que Phebus nous rendra sa lumiere,
Ie vous donne le camp.

MARFISE.

I'y seray la premiere.

LEON.

Ie n'auray d'autre soin que de vous preuenir.

AYMON.

Et moi, que de prier le ciel de les punir.
Va-t'en couple maudit, s'il doit faire iustice,
I'attens qu'en peu de iours l'vn & l'autre perisse.

ACTE IV.

SCENE PREMIERE.

LEON. ZENON.

LEON.

*Onc vous auez perdu voſtre temps*
  & vos pas,
N'importe, cher amy, ne deſeſperons
  pas.
Poſſible que le ſort, inconſtant & muable,
Changeant auſſi pour nous, nous ſera fauorable.
Adieu, ie me fais tort, vous retenant icy.

ZENON.

Il r'entre.

Nous nous acheminons.

LEON.

   Ie vais courir auſſi.
O ciel! combien eſt vain vn eſpoir qui ſe fonde
Sur l'eſtat incertain des affaires du monde,
     Dont

Dont le bonheur basty sur vn sujet mouuant,
Inconstant comme il est, s'efface au premier vent.
Exemple infortuné des traits de la fortune.
Helas! de quoy te sert ta memoire importune,
Que pour te raffraischir la perte de ton bien?
Croyant tout posseder, tu ne possedes rien.
Hier tu fus plein d'honneur, & ta flame imprudẽte
T'auoit fait en espoir l'espoux de Bradamante.
Tu marchois triomphant de la gloire d'autruy,
Et tout ce qu'il t'acquit tu le perds auiourd'huy.
Le ciel, de quelque soin que ton crime se cache,
Veut en fin mettre au iour vne action si lâche,
Et ne peut pas souffrir que tu sois possesseur
D'vn bien, dont tu serois inique rauisseur.
C'est lui qui suscita cette forte Amazonne,
Pour te faire sentir la peine qu'il te donne,
Et qui fit accorder ta folle passion
Au combat entrepris à ta confusion.
Te voila desormais perdu de renommée,
Marfise dans le camp superbement armée,
T'appelle à haute voix, & tu ne parois pas,
Pour souffrir vn affront pire que le trespas.
Mais que fera Leon sans force & sans vaillance?
Ce braue cheualier n'est plus en sa puissance,
C'est pour lui seulement qu'il l'auoit entrepris.
Le ciel me le donna, le ciel me l'a repris.
Que requerras-tu donc en ce malheur extréme?
Va Leon, va perir & combattre toi-mesme.

I

Va-t'en noyer ta honte, en ton sang répandu,
Ou recouure l'honneur & le repos perdu.
Mais esperons encor, possible qu'à cette heure,
Du sort capricieux l'influence est meilleure.
Mon amy retourné, nous reparerons tout.
Allons & poursuiuons la queste iusqu'au bout.
Toi qui me fis commettre vne si grande faute,
Qui fis brusler mon cœur d'vne flame si haute.
Puissant maistre des dieux, Amour guide mes pas,
Guide-moi sur les siens, ou me guide au trespas.

SCENE II.

ROGER.

O Dieuse clarté ie te soustiens encore,
  Soucis qui me tuez, ennuy qui me deuore,
Eternelles douleurs, regrets, peines, remords,
Me laissez-vous viuant apres cent mille morts?
Donc toutes vos rigueurs n'ont pas assez de force,
Pour chasser cet esprit de sa debile escorce.
Mais pourquoy ferez-vous des efforts superflus,
Pour dépouiller du iour celuy qui ne vit plus?
S'il viuoit, verroit-il sa chere Bradamante,
Au milieu des baisers, deffaite & languissante,
Repousser vn Leon qui la tient en ses bras,

Et son ressentiment ne l'accableroit pas?
Verroit-il vn riual qu'aucun soucy ne touche,
Former à tout moment sur cette belle bouche,
Sur ces mains, sur ces yeux quelque amoureux
     dessein,
Sans lui mettre cent fois vn poignard dans le sein?
Et toutesfois il vit, il le voit & l'endure,
Et mesme son deuoir ne veut pas qu'il murmure.
Non, pour ne perdre point la gloire d'vn bien fait,
Ie ne me repens point du bien que ie t'ay fait.
Vy Leon, vy content, vn long siecle d'années,
Le ciel, selon tes vœux, face tes destinées,
Et verse deformais sur Bradamante & toy,
Tous les mesmes bonheurs que i'attendrois pour
     moy,
Et qu'il comble d'horreur le reste de ma vie,
Si tes prosperitez me donnent de l'enuie.
Cependant me voicy dans le profond du bois.
Le creux de ce rocher qui respond à ma voix,
Pourra bien, pour ce soir, me seruir de retraite:
Mais sans aller plus loin, la voicy toute preste.
Ce mol & vert gazon se presente à propos
A ces membres mourans pour vn peu de repos.
Qu'ils se reposent donc, puisqu'il les en inuite,
Et que doresnauant ce soit leur dernier giste.
Ce sejour me contente, & me semble assez beau,
Tout affreux comme il est, pour faire mon tom-
     beau.

I ij

Terre, que ie choiſis pour derniere demeure,
Si iamais du deſtin l'influence meilleure,
Que celle qui t'afflige, en voyant mon treſpas,
Fais que ma Bradamante adreſſe icy ſes pas,
Contrains-la de s'aſſeoir en cette meſme place,
Et là, ſi tu le peux, conte luy ma diſgrace.
Dis luy que ſon Roger, ah ! change de diſcours,
En fin dy que Roger finit icy ſes iours.
Ces arbres t'ayderont, meſme ſi i'ay la force,
Ie graueray deux mots ſur la prochaine eſcorce.
Que le dieu du hazard, & celuy de l'Amour,
Pour me iuſtifier, lui feront voir vn iour.

Il graue ſur
l'eſcorce de
l'arbre, &
lit apres l'a-
uoir eſcrit.

Icy mourut Roger, qui ſe priua de vie,
Mais ne l'en blaſmez pas,
Son deuoir le commande, & l'honneur l'y conuie,
Pouuoit-il s'excuſer d'vn ſi noble treſpas ?

Que ie ſerois heureux, ſi cette belle bouche
Vous prononçoit vn iour au pied de cette ſouche,
Et remarquoit ma main, qu'elle connoiſt aſſez,
Sur ces mots que le temps aura preſque effacez.
Mais ie me flatte en vain contre toute apparence,
C'eſt cōmettre vn peché d'auoir quelque eſperance,
En l'eſtat où ie ſuis, ie ne dois plus ſonger,
Qu'aux objets ſeulement qui peuuent affliger.

SCENE III.

LEON. ROGER.

LEON.

HElas, qui finira mes courses incertaines ?
Qui me retirera de mes recherches vaines ?
Et quel dieu charitable escoutera ma voix ?
Ie me sens inspiré de visiter ce bois.
L'herbe de cet endroit me semble vn peu foulée,
Vne certaine ioye en mes sens s'est coulée :
Ie suiurai ce sentier, de peur de m'esgarer.
Ie voy des pas formez, mais i'entens souspirer.
Escoutons si la voix iusqu'à nous paruenuë,
Approchant de plus prez, pourroit estre connuë.

ROGER.

Non, ne t'afflige plus mon ame,
Nous voicy desia dans le port,
Possible crains-tu que la mort
Ne fasse pas mourir ta flame,
Et que dans les enfers tu portes le flambeau,
Qui te doit brusler au tombeau.

LEON.

Il entre dans
le bois.

Qu'à trauers ces buiſſons ie me face vne voye,
I'entens deſia la voix, il faut que ie le voie.

ROGER.

Icy ton malheur eſt extréme,
Que rien ne te peut ſecourir,
Mais, lâche, voudrois-tu guerir,
Quand il dependroit de toi-meſme?
Pouuoir eſtre vn moment, & ne l'adorer pas,
N'eſt-ce point pis que le treſpas?

LEON.

I'entreuois maintenant au pied de cette roche
Vn caualier ſur l'herbe, il faut que ie m'approche.

ROGER.

Vous que i'ay touſiours adorée,
Diuine & charmante beauté,
Croyez que ma fidelité
Ne fut iamais plus aſſeurée,
Et quoy que le deuoir ait exigé de moy,
Ie vous ay conſerué ma foy.

Elle ne fut iamais plus forte,
Mais le ciel me fit obeïr,
Et me força de vous trahir,

Pour suiure vn deuoir qui m'emporte.
Le deuoir & l'amour firent également
Vos déplaisirs & mon tourment.

LEON.

Ah, mon ame, à ce coup chasse toute ta crainte,
Cette blanche licorne, en cét escu dépainte,
Le fait assez connoistre, & sa taille & sa voix,
Courons donc de ce pas l'embrasser mille fois.
Ne precipitons rien, peut-estre par sa bouche
I'apprendray maintenant le regret qui le touche,
Et que pour me cacher, il prenoit tant de soin,
Il mettra tout dehors, se croyant sans tesmoin.

ROGER.

Ie vous ayme sans esperance,
Ma flame ne void point de iour,
Toutefois ma premiere amour
Ne reçoit point de difference.
Le ciel, qui peut changer vostre condition,
Ne change point ma passion.

Ie veux qu'vn autre vous possede,
Viuez entre les bras d'autrui,
Ie vous cheris auec lui:
Mon mal me donne mon remede.
Vous estes satisfaite, & ie le suis aussi,
Puis qu'Amour me l'ordonne ainsi.

LEON.

Non, non, ie ne ſçaurois ſupporter dauantage,
Ces diſcours inconnus où ſon amour l'engage.
C'eſt trop de patience auec tant d'amitié,
Et deſia ſa douleur me tranſit de pitié.
Ha, mon frere, aduouëz que vous eſtes coupable.

ROGER.

Helas! quel importun trouble ce miſerable !
Que dãs ces lieux d'horreur tu viens mal à propos,
Ne me refuſe point ce reſte de repos.
Adieu, pourſuis tes pas, le ciel te ſoit propice.

LEON.

Eſt-il dans ces deſerts tygre qui ne flechiſſe?
Retirons-le d'erreur, quoy! m'eſloigner de vous,
N'en dois-je point attẽdre vn traitement plus doux?
Sont-ce là les accueils où l'amitié conuie ?

ROGER.

Ha, Leon, quel demon ennemy de ma vie,
Vous conduit en ces lieux, pleins d'horreur &
　　　d'effroy,
Où meſme il ne voit rien d'effroyable que moy.

LEON.

Le deſir de trouuer, non pas cet effroyable,

Mais

Mais mon fidel amy, ce caualier aymable,
La moitié de ma vie, & l'autheur de mon bien,
Et sans qui desormais ie n'espere plus rien.

ROGER.

Maintenant vostre enuie est à plein satisfaite,
Vous m'auez rencontré, vous voyez ma retraite.
Sçauez-vous mon dessein? c'est celuy de mourir.
Que si vostre amitié songe à me secourir,
Ie n'en puis receuoir qu'vn seruice agreable,
C'est de quitter bien tost ce bois espouuentable,
Me laisser en repos, & ne me troubler pas
Dans le bien que le ciel m'accorde à mon trespas.

LEON.

Iustes dieux, qui croiroit que l'amitié permette
Vne tant inhumaine & barbare requeste!
Quoy, mon plus cher amy, m'oze-t'il conjurer,
Que sans le secourir ie le laisse expirer?
Que cent fois plus cruël, qu'vne fiere lionne,
Ie sçache son trespas, & que ie l'abandonne.
O dieux, quelle pensée! helas, remettez-vous,
Mon frere, reprenez des sentimens plus doux,
Chassez ce desespoir, dont i'ignore la cause,
Que si pour l'adoucir il se peut quelque chose,
En presence des dieux ie vous donne ma foy,
Et comme cheualier, & comme fils de Roy,
Que i'y perdray mes biens, mes amis, & ma vie,

ROGER.

Que ma condition seroit digne d'enuie,
Et que cette amitié dans vne autre saison,
Me rendroit bien heureux auec iuste raison :
Mais puis que mon malheur me la rend inutile,
Helas, ne trouuez plus ma priere inciuile.
De si fortes raisons m'obligent au trespas,
Que vous me faites tort de ne l'auancer pas.
Et si vous le sçauiez, vous auoüeriez vous mesme,
Qu'vn extréme malheur veut remede extréme,
Mon deuoir me l'ordonne, & le ciel l'a voulu.

LEON.

Puis que dans ce dessein ie vous voy resolu,
Et que c'est vainement que ie vous en coniure,
Nous courons donc tous deux vne mesme auanture.
Ie meurs auec vous, & le mesme destin,
Qui ioignit nos deux cœurs, confondra nostre fin.

ROGER.

C'est à ce coup, Leon, que vous perdrez l'enuie,
Qui vous rend si soigneux de conseruer ma vie.
Il n'est, il n'est plus temps de rien dißimuler,
Apprenez en deux mots dequoy vous consoler,
Et soyez asseuré qu'apres ma descouuerte,
Vous serez le premier à desirer ma perte.
Vous regrettez ma mort, vous la desirerez,

Vous m'en voulez diſtraire, & vous m'y pouſſerez.
Cet ami, que le ciel fit voſtre redeuable,
Qui tient le iour de vous, & qu'vn ſort fauorable
Fit d'vn ſi grand bienfait acquitter à demi,
C'eſt voſtre plus cruël & plus grand ennemi.
En vn mot c'eſt Roger, par cette connoiſſance
Vous ſçauez mon amour, mes faicts et ma naiſ-
     ſance.
Celle que vous aymez, ma liberté charma,
Et contre mon eſpoir, Bradamante m'ayma.
Sur vn roc eſleué dans le milieu des ondes,
Où le flot abiſma nos troupes vagabondes,
Par la faueur du ciel eſchoüé ſur le bort,
Vn bienheureux vieillard m'en tira demi mort.
Et cet enfant du ciel par ſa ſainte priere,
M'ayant ſoudain remis en ma ſanté premiere,
Par ſes ſages diſcours me deſilla les yeux,
Et me purge a l'eſprit de l'erreur de nos dieux.
Quand Roland & Renaud ſur le roc arriuerent,
Qui contre leur attente en ce lieu me trouuerent,
Et m'ayant reconnu meſme changé de loy,
Tous deux pour Bradamante ils me donnent la foy.
Le frere me l'accorde, & ſur cette eſperance,
Abandonnans l'écueil nous repaſſons en France.
Charles nous careſſa, la Cour nous fit honneur,
Mais rien ne fut égal à mon premier bonheur.
Ah, que ce ſouuenir ſenſiblement me touche,
Ie vois ma Bradamante, & de ſa belle bouche

Ie receus cet arrest si charmant & si doux,
Qui m'auoit destiné pour estre son espoux.
En vn mot entre nous la parole donnée,
Me faisoit esperer vn heureux hymenée,
Quãd le ciel pour troubler nos bonheurs apparens,
Suscita contre nous ses auares parens.
L'esclat de vos grandeurs leur offusqua la veuë.
Que si vostre vertu leur eust esté connuë,
Qu'elle eust sans autre esgard borné leur paßion,
Ie les euße excusez dans leur ambition.
Soudain piqué d'amour, de cholere & de honte,
Et ne pouuant souffrir qu'vn riual me surmonte,
I'abandonne la cour auec vn fort deßein,
D'aller, sans retarder, vous transpercer le sein,
De me perdre ou vous perdre au milieu de la Grece.
L'impatient desir d'executer me preße,
Ie paße en Bulgarie, où ie vis à l'abbort
Des spectacles d'horreur, de carnage & de mort,
Là ie vis de courroux & de rage enflamées,
Se heurter fierement deux puißantes armées,
Qui nagerent d'abbord dans leur sang répandu.
Le combat demeura quelque temps suspendu,
Mais les Bulgariens à la fin vous cederent,
Leur Roy demeura mort, leurs trouppes reculerent,
Lors que par vn soldat du succez aduerti,
I'embraße contre vous le plus foible parti,
Et vous cherche par tout, plein de haine & de rage,
Il seroit superflu d'en dire dauantage,

Et comment à son tour voſtre trouppe ceda,
Vous ſçauez mieux que moi tout ce qui ſucceda.
Ma priſe, ma priſon, & voſtre courtoiſie,
Et que d'vn tel bienfait i'eus l'ame ſi ſaiſie,
Que l'amitié chaſſant la haine hors de mon ſein,
Ie conceus de l'horreur pour mon premier deſſein:
Et ne veux reparer cette damnable enuie,
Qu'en cherchant le moyen de vous donner ma vie.
Maintenant, ô Leon, que vous me connoiſſez,
Pourquoy m'eſpargnez-vous ſi vous me haïſſez?
Que vous ſert au coſté cette inutile eſpée,
Que du ſang odieux iuſqu'aux gardes trempée,
Vous ne vous deſliurez d'vn ſi grand ennemi?
S'il ne meurt par vos mains, il ne meurt qu'à demi.
Vous n'eſtes point cruel en le priuant de vie,
Puiſque le droit le veut, & qu'il vous y conuie.
Quoy, vous doutez encore, & ne connoiſſez pas
L'auantage pour vous qui ſuiura mon treſpas.
Bradamante eſt à moi, ſa parole eſt donnée,
Et ma mort ſeulement peut rompre l'hymenée.
I'ay beau quitter mes droits, i'ay beau vous la
    ceder,
Nul, tant que ie viuray, ne la peut poſſeder.
Faites-moi donc mourir, ou ſouffrez que ie meure,
Et puis qu'en voſtre endroit la fortune eſt meil-
    leure.
Allez iouïr des biens que le ciel vous promet,
Et gouſter des douceurs tandis qu'il le permet.

LEON.

Ne trouuez pas mauuais de voir fur mon vifage,
De mon eftonnement vn fi grand tefmoignage.
Certes, cette nouuelle à l'abbort m'a furpris,
Et ce nom de Roger a faifi mes efprits.
Non pas qu'il ait changé l'amour que ie vous porte,
Son ardeur au contraire en eft beaucoup plus forte :
Et ce nom mefme au lieu de la diminuër,
M'oblige dauantage à la continuër.
Il eft vray que Roger m'a donné de la haine,
Autant que fon amour m'a procuré de peine,
Et que i'ay fouhaitté fa ruine & fon mal,
Comme on peut fouhaitter la perte d'vn riual.
Mais fi i'euffe d'abord reconnu fa perfonne,
Il euft receu de moi le cœur que ie lui donne ;
Et quand dans la prifon il fe fuft découuert,
Il n'en euft reffenti que ce qu'il a fouffert.
I'adore la vertu par tout où ie la treuue.
Que s'il en euft voulu quelque meilleure preuue,
I'attefte deuant Dieu, que i'aurois fait pour lui,
Ce qu'auecque raifon ie veux faire auiourd'hui.
Ouy, fi vous ne m'euffiez par cette meffiance
Defrobé le bon-heur de voftre connoiffance,
Et caché voftre nom mieux que voftre vertu,
Iamais en ma faueur vous n'euffiez combattu.
Ie n'aurois point fouffert qu'on vous euft contefté
Celle qu'imprudemment ie vous auois ofté,

Et que ie vous redonne auec vn repentir
Des maux que mon erreur vous a fait reſſentir.
Venez-la donc reuoir, puis qu'Amour vous l'or-
donne ,
Et que voſtre victoire auec lui vous la donne.
Elle eſt voſtre, & pas vn ne vous la peut oſter,
Que ſi l'auare Aymon vous la veut conteſter.
La moitié de la Grece eſt aſſez ſpacieuſe,
Pour ſaouler l'appetit d'vne ame ambitieuſe ,
L'Empire d'Orient nous laiſſe aſſez pour tous.

ROGER.

Ces excez de bonté n'appartiennent qu'à vous,
Il n'eſt qu'vn ſeul Leon qui ſe vainque ſoi-meſme.
O qu'en ces actions voſtre gloire eſt extréme,
Que vous meritez bien vn ſi rare bienfait,
Et que le ciel eſt iuſte au preſent qu'il vous fait.
Non, il n'eſt qu'vn Leon digne de Bradamante,
Qu'il la poſſede donc, qu'elle viue contente ,
Et gouſte deſormais des douceurs auec lui,
Que la faueur des dieux leur promet auiourd'hui.

LEON.

Quoy donc, vos premiers vœux ſont encore ſi fermes
De grace, cher ami, changeons, changeons de ter-
mes ,
Et ne retenez rien de l'horreur de ces bois,
S'il vous faut coniurer pour la derniere fois.

Ie ne vous parle point de l'amitié paßée,
Puisque de voftre esprit elle eft presque effacée :
Mais par la paßion qui vous conduit ici,
Que cette paßion vous en retire außi.
Ne me refusez pas cette derniere grace.

ROGER.

Il n'eft rien que pour vous mon amitié ne face,
Mais vous rauir vn bien par vne lâcheté,
Que voftre courtoifie a fi bien merité.
Ne baftir mon bonheur que fur voftre ruine,
Ah, Leon, feulement ce penfer m'aßaßine.
Vous m'offrez vn poignard pour vous percer le fein,
Et ie dois confentir à ce lâche deßein ;
Hé, quelle opinion auez-vous de mon ame ?
Non, non, viuez heureux au fein de voftre Dame.
Bradamante eft à vous, le ciel le veut ainfi,
Et le ciel m'eft tefmoin que ie le veux außi.

LEON.

Si ce point feulement vous defend de me fuiure,
Rien plus ne vous defend d'efperer & de viure.
Ne confiderez plus Leon, ni fon amour,
Puifqu'en vous connoißant il a perdu le iour.
Non, non, ie n'ayme plus, & ne tiens Bradamante,
Vos interefts à part, que pour indifferente.
Euft-elle plus d'appas, ie fuis fans paßion.
Que fi vous lui gardez vn peu d'affection,

Et fi

Et *si dans voftre cœur fa belle image empreinte,*
Dans l'horreur de ces bois n'eft pas encore efteinte.
Ie vous coniure icy par ce premier pouuoir,
Et par tous vos fermens de la venir reuoir.
Elle vous le commande, & ie vous en coniure.

ROGER.

Que deuiendra mon ame au combat qu'elle endure?
Les larmes d'vn ami, l'amour & le deuoir,
Pour ébranfler vn cœur ont beaucoup de pouuoir.
Bien, vous auez vaincu mon ange tutelaire,
Me voicy deformais refolu de vous plaire.
Mais ie protefte encor, comme i'ay protefté,
Que vous me contraignez à cette lâcheté,
Et que ie tiens de vous vne feconde vie.

LEON.

C'eftoit moi feulement qui vous l'auois rauie.
Mais puis que ie me vois au comble de mes vœux,
Allons, allons reuoir vn climat plus heureux.
Allons rauir la cour, & fur tout Bradamante,
Qui, comme ie l'ay feeu, fe meurt dãs cette attente.
Oftons-lui le fujet qu'elle a de me haïr.

ROGER.

Allons, ie ne viuray que pour vous obeïr.

L

ACTE V.

SCENE PREMIERE.

CHARLES. AYMON. MARFISE.

CHARLES.

Our moi, de quelque sens que son de-
                part s'explique,
Ie ne sçaurois auoir la croyance pu-
                blique.
Apres tant de valeur qu'il vient de tesmoigner,
La crainte d'vn combat l'auroit fait esloigner:
C'est ce que mon esprit trouue bien difficile,
Outre que tous les siens sont encor à la ville.
Ses pauillons tendus attendent son retour,
Toutefois en ceci ie ne voy point de iour.
Sur le point de combattre aux yeux de sa mai-
                stresse,
Dans ce retardement son honneur s'interesse.
Marfise a comparu, le iour est expiré,
Et le peuple confus en fin s'est retiré.

Tout le monde le blafme, & malgré moi i'efcoute
Les fentimens diuers qui me tiennent en doute.

AYMON.

Ah, Sire, n'efperez, d'vn Prince fi bien fait,
Que les deportemens d'vn caualier parfait.
Il eft vray qu'auiourd'hui fon abfence eft eftrange,
Mais comme en vn moment la fortune fe change,
Quelque grand accident lui peut eftre aduenu,
Quelque foudain malheur qui l'aura retenu:
Car en fin on fçait bien, que iamais dans la France
On n'auoit veu combattre auec plus de vaillance.
Et cette Bradamante, indomptable aux combats,
Prefque fans refiftance a mis les armes bas.
Quelque prefomption, quelqu'orgueil qui l'ẽporte,
Marfife, on le fçait bien, n'eft pas gueres plus forte.

MARFISE.

Que ne paroift-il donc ce gendre pretendu?
Et pourquoy dans le camp ne s'eft-il point rendu?
Ce Braue, ce Vaillant, qui pour vne maiftreffe,
Auec ce grand efclat, eftoit venu de Grece,
Et depuis refroidy s'eft retiré fans bruit.
Peut-eftre il croit encor que Marfife le fuit,
Et mettant en oubly Bradamante & fes charmes,
Il a creu que fes pieds font fes meilleures armes,
Preferant fon falut à fes affections.
Vous voila bien décheu de vos pretentions.

Pauure Aymon, les desseins que vous formiez en
  Grece,
Se font éuanouis, voila voftre triftesse.
Vous auez beaucoup moins le visage riant,
Que quand vous gouuerniez l'Empire d'Orient.

AYMON.

Possible croyez-vous que mon aage dispense,
Me croyant affoibli, de me faire vne offense.
Vous me croyez fans cœur & fans ressentiment:
Mais ie vous veux tirer de voftre aueuglement,
Et souftenir les droicts d'vn homme en son ab-
  fence,
Que vous deuriez blafmer feulement en presence.
C'eft vne lâcheté que ie ne puis souffrir,
Et ce n'eft que pour lui que ie me viens offrir.
Ie combats pour Leon.

MARFISE.

    Ie fuis defia renduë,
Ie voy que fa querelle eft trop bien defenduë.
O de quel champion le ciel l'aura pourueu!
C'eft ce qu'à fon depart il auoit bien preueu,
Et remettant fur vous tout ce qu'il peut pretendre,
Il laiffe voftre fille & fes droicts à defendre.
Conferuez-les, Monfieur, iufques à fon retour,
Vous le verrez venir tout embrafé d'amour,
Porter fur voftre tefte vne riche couronne.

AYMON.

Madame, c'est assez, ne querellez personne,
Sans le respect du Roy, on vous tesmoigneroit.

CHARLES.

N'allez pas plus auant, ce courroux vous nuiroit.
Vous estes violent, & l'ardeur vous emporte.

AYMON.

Croyez que ma vigueur n'est pas encore morte.

RENAVD.

Il est vray que de soy son naturel est doux,
Mais il est dangereux quand il entre en courroux.

AYMON.

Vous vous tenez tousiours dans vostre complai-
     sance,
Vous estes vn bon fils.

CHARLES.

                    Quel cheualier s'auance?
Leon qui le conduit nous en esclaircira.

AYMON.

Bien Marfise, voicy qui vous repartira.

SCENE II.

LEON. CHARLES. AYMON. MARFISE. ROGER. RENAVD.

LEON.

Roger doit auoir les armes de Leõ, fous lefquelles il auoit combattu.

$$C$$E n'eft pas fans fujet que voftre renom-
  mée,
Eft iufqu'au bout du monde heureufement femée,
Que les plus éloignez, parlent auec honneur
De vos rares vertus, & du rare bonheur,
Qui dans tous vos projets vous rend le ciel propice.
Sur tout, tout l'Vniuers connoift voftre iuftice,
Et cette exacte foy, que vous gardez à tous,
Sire, fur cet efpoir ie me préfente à vous,
Sçachant que la parole inuiolable & fainte
D'vn fi grand Empereur ne peut pas eftre en-
  frainte,
La voftre vous oblige à me donner le prix,
Qui me fut accordé du combat entrepris.
Puifque par voftre Edict Bradamante eft promife
Pour legitime efpoufe à qui l'aura conquife.
Ie ne fçaurois douter des promeffes d'vn Roy,
Ie vous en fomme donc, mais ce n'eft pas pour moy.

Ce vaillant cheualier, amoureux de ses charmes,
La vainquit sous mon nom & sous mes propres
    armes :
C'est sur lui seulement que cette Aigle parut,
Et Leon fut exempt du danger qu'il courut.
Ie viens pour publier, & ma honte, & sa gloire,
Et luy pour demander le fruict de sa victoire,
Que vostre Majesté ne luy peut refuser.

CHARLES.

Leon, tout ce discours est pour nous abuser.
Ie n'ay iamais douté que ce ne soit vous-mesme.
I'ay veu dans ce combat vostre valeur extréme,
I'ay moy-mesme admiré vos redoutables coups,
Et vous nous asseurez que ce ne fut pas vous.

LEON.

Non, Sire, ou qu'à present deuant vous ie perisse,
Ce fut ce cheualier, faites-luy donc iustice.

AYMON.

Iamais estonnement ne fut semblable au mien,
Que vous sert-il de feindre ? aussi n'en croit-on
    rien.

LEON.

Il le faut croire ainsi, puisque ie le dépose,
Et que ce caualier soustiendra bien sa cause.

MARFISE.

Quand il seroit le Dieu qui preside aux combats,
Il pretend vainement ce qu'il n'obtiendra pas.
Ce dessein est fatal, à quiconque l'attente,
On ne peut sans mourir songer à Bradamante,
Suffit que ie soustiens le droict de son espoux,
Et que ie l'en sçauray rebuter comme vous;
Et s'il a ce dessein i'obtiendray la licence,
Qu'il vienne dans le camp faire voir sa vaillance.

LEON.

On n'espouuente point cet esprit de leger,
Non, Madame, il n'est pas moins vaillant que
　　Roger.

MARFISE.

Qu'il le témoigne donc sans tarder dauantage.

LEON.

Il luy leue
la visiere.
Mais auant le combat regardez son visage,
Madame, le voila prest à vous contenter.

MARFISE.

M'abusez vous, mes yeux, il n'en faut plus douter.
Ah, mon frere, c'est vous.

ROGER.

Ouy, c'est moy qui vous blasme
D'auoir

D'auoir trop bien serui mon repos & ma flame,
Et de trop d'amitié pour vn frere perdu.

RENAVD.

Donc apres tant de vœux le ciel nous l'a rendu.
O mon frere, ô Roger.

ROGER.

Souffrez que ie vous quitte.
Et qu'enuers l'Empereur d'vn deuoir ie m'acquitte.

CHARLES.

Quoy, suis-ie le dernier qui vous dois caresser ?
Non, mon fils, approchez, ie vous veux embrasser.
Ah! que le ciel me donne vne parfaite ioye,
Et que ie suis rauy du bonheur qu'il m'enuoye ?
Qu'on vous a desiré dans toute cette Cour.

AYMON.

Les dieux en soient louëz, vous voila de retour.
ROGER.
Si vostre Majesté comble de tant de grace,
Vn pauure cheualier que faudra-il qu'il face,
Pour n'estre pas ingrat aux faueurs qu'il reçoit,
Mourir en vous seruãt, c'est le moins qu'il vous doit.
Aussi i'ay protesté par cette obeissance,
Que mon cœur vous iura depuis ma connoissance,
D'employer tous mes iours dans la fidelité,
Qui m'attache à iamais à vostre Majesté.

M

CHARLES.

Ces bonnes volontez me rendent redeuable,
Auβi viuez certain d'vne amitié semblable,
Connoiβant vos vertus, i'en feray touſiours cas.
Mais dieux! ſe peut-il bien qu'on ne s'abuſe pas,
Que deſſous ce harnois, & contre noſtre attente,
Vous ayez en effet combattu Bradamante?

LEON.

Que voſtre majeſté m'eſcoute s'il luy plaiſt,
Elle aprendra de moy l'affaire comme elle eſt,
Et quoy que ce recit ſoit contraire à ma gloire,
Ie vous en rediray la veritable hiſtoire.
Conſtantin & Vatran Roy des Bulgariens,
Tous deux proches voiſins, tous deux grands ter-
     riens,
Sur les inimitiez d'vne vieille querelle,
Se faiſoient dés long-temps vne guerre mortelle.
Conducteur de l'armée, apres pluſieurs combats,
I'auois preſque reduits nos ennemis à bas.
I'entray dans leur païs quand leur Roy ſe diſpoſe
De finir les malheurs que la guerre lui cauſe,
Nous preſente battaille, & le iour ordonné,
Chaque troupe parut au combat aβigné.
Dés que les inſtrumens les eurent animées,
On vit branler d'abbord ſes deux fieres armées.
Dont le choc furieux & les cris pleins d'horreur,

Aux cœurs plus asseurez, donnoient de la terreur,
Soudain de mille corps la terre fut couuerte,
Encore aucun party ne reconnoist sa perte,
Et l'on void les mourans ensemble renuersez,
Tant amis qu'ennemis, pesle-mesle entassez.
Et le sang a desia changé toute la plaine,
La victoire arresta longuement incertaine,
Encor aucun party ne peut estre vainqueur,
Lors qu'animant les miens, ie leur remets le cœur.
Ie fends l'espée au poing la troupe plus espaisse,
Là i'apperceus Vatran, qui fend aussi la presse.
Nous nous ioignons tous deux, & sans estre em-
     peschez,
Nous fusmes quelque temps au combat attachez.
Mais en fin ennuyez d'vne si longue guerre,
Percez de plusieurs coups, ie le porte par terre.
Sa mort traïsna soudain la deffaite des siens,
Qui tous espouuentez quittent la place aux miens.
En fin tout se desbande, & se met à la fuite,
Le Gregois court apres, ardant à la poursuite:
Mais lors qu'à la deffaite ils sont plus empressez,
Par vn seul caualier ie les voy repoussez,
Qui comme vn tourbillon en l'esclat d'vn tonnerre,
Renuerse en vn moment vn escadron par terre.
A ce premier abbort tout fait iour, tout le fuit,
Où il tourne ses pas la victoire le suit,
Et la mort infaillible en tous lieux l'accompagne,
Il a de mille morts jonché cette campagne,

Et le sang qui ruisselle en mille & mille lieux,
Sous tant de corps mourans espouuente nos yeux,
Connoissant à sa trasse vn chemin assez ample,
L'ennemy se rallie, & tuë à son exemple:
Ses redoutables coups font peur mesme de loin,
Pour moi ie fus content d'en estre le tesmoin,
Et du haut d'vn costeau qui découure la plaine,
Ie le voy tout sanglant, sans cholere & sans haine,
Et la perte des miens ne me peut animer,
Tant sa rare valeur me force de l'aymer,
Voyant entierement nostre troupe deffaite,
Ie veus sauuer le reste, & faits vne retraite.
Roger éguilonné de cholere & d'amour,
Estoit parti d'icy pour me priuer du iour,
Et piqué viuement du dessein qui le presse,
Il alloit me chercher au giron de la Grece.
Il mesprise la voix du peuple qui le suit,
Mais estant desia las & proche de la nuit,
Il couche à Nauangrade, où son hoste s'auise
De cette redoutable & sanglante deuise.
La ville estoit à nous, & par le Gouuerneur
Il fut surpris au lict sans peine & sans honneur.
On le mene à mon pere, & luy plein de vengeance,
Resolut de le perdre estant en sa puissance,
Le met dans des cachots qui sont priuez du iour,
Moi que tant de valeur auoit remply d'amour,
Ie ne peus voir long-temps le traitter de la sorte,
Ie tuë son geolier, ie fais rompre sa porte,

Et pendant le silence & l'horreur de la nuit,
De l'obscure prison ie le tire sans bruit,
Me fais connoistre à lui, le caresse & l'embrasse,
Il me caresse aussi, mais de si bonne grace,
Que l'amour que i'auois s'en accreut de moitié,
Et se forma deslors vne ardante amitié.
Bien peu de temps apres porté de l'esperance,
Et guidé de l'Amour, i'arriuay dans la France.
Lui sans estre connu m'accompagna tousiours,
Je le fis confident de toutes mes amours,
Et deslors que ce bruit vint troubler mon attente,
Qu'il falloit au combat acquerir Bradamante,
Certain de sa valeur, & certain de sa foy,
Ie le vins coniurer de combattre pour moy.
Qù d'vn simple bienfait, reconnoissance extréme,
Ce pauure cheualier s'arma contre soi-mesme,
Resolu de mourir combattit à vos yeux.
Vous sçauez si pour soi on sçauroit faire mieux.
Vous sçaurez à loisir le succez de sa fuite,
Le regret que i'en eus, & ma longue poursuite,
Comme il m'a découuert son nom & ses amours,
Que nous vous apprendrons par vn plus long dis-
    cours.

CHARLES.

Certes, iamais recit ne vint à mes oreilles,
Qui toucha mon esprit de si grandes merueilles.
Ces excez de vertus sont encor si nouueaux?
Que l'on n'en vid iamais des exemples si beaux.

M iij

Pour moi ie les admire, & desia me prepare
D'estre participant d'vne amitié si rare,
Si vous souffrez vn tiers dans vostre affection.

ROGER.

Si vous nous esleuez à tant d'ambition,
Vous enorgueillirez deux ames insolentes,
Et que trop de faueur rendra mesconnoissantes.

RENAVD.

Ie perdrois à regret l'espoir que i'ay conceu,
Si dans cette vnion ie n'estois point receu.

ROGER.

Ie me console aussi d'vne telle esperance,
Ie sçay ce que ie dois à l'honneur de la France,
Et ie n'ignore point la bonne volonté,
Dont ie suis redeuable à sa seule bonté,
Que ie recognoistray par cette mesme vie,
Qu'il a par son support à iamais asseruie.

RENAVD.

Ces complimens sans fin témoignent des froideurs,
Mais d'où viēnent ces gens? ils sont Ambassadeurs.
I'ignore leur païs, mais si on les escoute,
Le discours qu'ils feront, nous tirera de doute.

SCENE III.

AMBASSADEVRS DE BVLGARIE.
CHARLES. ROGER. RENAVD.
AYMON. LEON.

AMBASSADEVRS DE BVLGARIE.

Sire, nous esperons de voſtre Majeſté,
D'obtenir le pardon de noſtre liberté.
Nous courons inconnus de prouince en prouince,
Mais iuſqu'icy ſans fruit, à la queſte d'vn Prince.
L'amas de cheualiers qui ſuiuent voſtre cour,
De tous les plus fameux l'ordinaire ſejour,
Nous a fait conceuoir quelqu'ombre d'eſperance,
Qu'apres tant de trauaux nous le verrõs en France,
Et que noſtre malheur viendroit à ſe changer.

CHARLES.

Nous direz-vous ſon nom?

AMBASSADEVRS.

Ouy, Sire, c'eſt Roger.

CHARLES.

Si pour luy ſeulement vous l'auiez entrepriſe,
Voſtre queſte finit, voila Roger de Ryſe.

ROGER.

Ouy, ſi vous attendez du ſeruice de moy,
Expoſez vos deſſeins, parlez deuant le Roy,
Me voicy deſormais diſpoſé de vous plaire.

AMBASSADEVRS.

O ciel! que nos trauaux ont vn ample ſalaire,
Que tous nos deplaiſirs & nos malheurs paſſez,
Par vn ſi grand bonheur ſont bien recompenſez,
Toute la Bulgarie à vos pieds proſternée,
Par vos mains ſeulement veut eſtre gouuernée,
Tous d'vn conſentement vous demandent pour Roy,
Le peuple entre nos mains vous a donné ſa foy,
Et ie viens de ſa part vous offrir la Couronne,
Qu'on vous a veu ſauuer des fureurs de Belonne,
Quand par voſtre valeur les Gregois repouſſez,
Dans leurs retranchemens ſe virent renuerſez.
D'vn ſi rare ſecours conſernant la memoire,
On vous voulut pourſuiure apres voſtre victoire
Pour le meſme deſſein qui nous conduit icy,
Mais noſtre diligence ayant mal reüſſi,
Nous priſmes ſeulement, auec beaucoup de peine,
Voſtre Eſcuyer laſſé, qui couroit hors d'haleine,
Et qui pour contenter noſtre importunité,
Nous apprit voſtre nom & voſtre qualité.
Dés que nous l'euſmes ſceu, toute la Bulgarie
D'vn départ ſi ſoudain infiniment marrie,

Depeſche

Dépesche sur vos pas cent messages diuers,
Nous auons parcouru presque tout l'vniuers.
En fin les plus heureux de toute la prouince,
Apres mille trauaux nous lui donnons vn Prince,
Pourueu que sa bonté nous accorde ce point,
Et voyant nos desirs ne les rejette point.
Venez donc gouuerner vn peuple qui vous donne
D'vn Royaume puissant la superbe Couronne,
Et connoissant son zele & sa deuotion,
Ne lui refusez pas vostre protection.

ROGER.

Ceux de qui vous tenez cette entiere puissance,
Tesmoignent leur vertu par leur reconnoissance,
Et nous font assez voir qu'vn seruice rendu,
Parmy des gens d'honneur ne peut estre perdu,
Vne bonté si rare est d'autant plus loüable,
Qu'vn si petit seruice est peu considerable,
Et ie souhaitterois d'auoir bien merité,
Ce qu'exige de moi leur bonne volonté.
Mais i'ay receu du ciel si peu de suffisance,
Pour supporter vn faix d'vne telle importance,
Que ie me sens desia trop bien recompensé,
Si de ce grand honneur ie me vois dispensé.
Qu'on m'en excuse donc,& que quelqu'vn succede
Des parens du defunct au lieu que ie lui cede.
Ie porte cette espée, & m'en sers quelque fois,
Mais soutenir vn sceptre,c'est bien vn autre pois.

N

AMBASSADEVRS.

Quoy, vous rejettez donc vn peuple qui n'espere,
Qu'en son Conseruateur, en son Dieu tutelaire,
Et qui vous a voüé tant de fidelité,
Pour perir de regret se voyant rebuté ?

CHARLES.

Si le vouloir du ciel au trosne vous destine,
Ne mesprisez iamais la volonté diuine.
Outre qu'vn tel present n'est pas à mespriser,
Vn Royaume vaut peu, s'il se peut refuser.

RENAVD.

Assez l'acheterois au peril de leur vie,
Allez où le deuoir & l'honneur vous conuie,
Et vous croyez heureux entre tous les humains,
Puis qu'vn sceptre en dormant vous tombe entre
    les mains,
Aymon doresnauant se verra sans excuse.

AYMON.

Si ce bonheur m'auient, & que ie le refuse,
Dites que i'ay perdu le sens & la raison.

LEON.

Non Roger, ces refus ne sont pas de saison,
Acceptez leur present sans tarder dauantage.

CHARLES.

Outre voſtre intereſt, leur offre vous engage,
Ne rejettez donc plus vn bonheur apparant,
Il vaut mieux eſtre Roy, que cheualier errant.

ROGER.

Puiſque vous le voulez, & que le Roi l'ordonne,
Indigne que i'en ſuis, i'accepte la Couronne.
En moi vous receurez vn frere au lieu d'vn Roy.

AMBASSADEVRS.

Doncque tout le premier ie vous donne ma foy.

CHARLES.

Ayez dans cette cour vn peu de patience,
Demain plus à loiſir vous aurez audience,
Maintenant il eſt temps de ſonger à l'amour,
Apres tant de broüillars il faut voir quelque iour,
Aymon il faut ſonger à voſtre conſcience.
Mais voicy qu'à propos Bradamante s'auance.
Abbaiſſez la viſiere & demeurez icy,
Ayant eſté trompé, il faut tromper auſſi.

DERNIERE SCENE.

MARFISE. BRADAMANTE. ROGER. CHARLES. LEON. RENAVD. AYMON.

MARFISE.

Vous venés à propos pour sçauoir des nouuelles,
A vostre occasion i'ay tousiours des querelles,
Ce cheualier armé se vante deuant tous,
Que vous estes à lui, que lui respondez-vous?
Il ose effrontément se donner cette gloire,
Qu'il en a deuant nous remporté la victoire.

BRADAMANTE.

Ces armes, il est vray, témoignent mon malheur,
I'ay manqué de fortune, & non pas de valeur.
Ie n'ay point sous l'Armet remarqué le visage,
Mais Leon iusqu'ici s'en donne l'auantage.
Vuidez auec lui vos premiers differens,
Les discours de ce tiers me sont indifferens.
Ie combatis vn seul, s'il pretend quelque chose,
Ie suis preste au combat, pour lui qu'il s'y dispose.

LEON.

Pour moi, malgré l'ardeur de mes affections,

Ie me démets du tout de mes pretentions,
Lui seul vous a vaincu, & lui seul vous demande.

BRADAMANTE.

S'il y pretend des droicts, il faut qu'il les defende,
Ie l'appelle au combat dangereux & sanglant.

CHARLES.

Certes, voftre courroux eft vn peu violant.
Lui donneriez-vous point vn moment de relafche,
Pour connoiftre fon nom & ce frõt qu'il vous cache? Il luy leue
la vifiere.

BRADAMANTE.

O bons dieux! c'eft Roger.

ROGER.

　　　　　Ouy, Madame, c'eft moy, Il fe met à
Qui vous rends à genoux l'hommage que ie doy, genoux.
Et qui ne veux bouger de ces pieds que i'embraffe,
Que par mon repentir ie n'obtienne ma grace,
Que mes malheurs foufferts ne vous faffent pitié.
Il eft vrai, i'ai failli, mais blafmez l'amitié,
Condemnez le deuoir, qui fur vne belle ame
Doit eftre plus puiffant que l'amoureufe flame.
Ma main a pour Leon contre vous combattu,
Mais ie deuois la vie à fa feule vertu.
Ie vous ceday, Madame, & cette main perfide,
Qui s'arma contre vous eftoit mon homicide,

I'allois par mon trépas expier mon peché,
Si cèt ami courtois ne m'en eust empesché.
Il m'a quitté ses droicts, m'a cedé Bradamante,
Pourueu qu'à mon r'appel ma Deesse consente,
Et que ma repentance efface mon forfait.

BRADAMANTE.

Ie donne au repentir l'offense qu'on me fait.
Ouy, malgré la douleur que vous m'auez causée,
A vous la pardonner ie me sens disposée,
Pourueu que sur l'espoir d'en estre ainsi traité,
Vous n'abusiez iamais de ma facilité.

ROGER.

Si ie vous fâche encor, ie n'attends plus de grace.

BRADAMANTE.

Bien donc, que du passé le souuenir s'efface,
Et qu'il me soit permis auec toute la Cour,
De ressentir le bien de vostre heureux retour.

CHARLES.

Il faut sans retarder que leur peine finisse,
Il est temps desormais que ce cœur s'amolisse.
Aymon, vostre rigueur ne sçauroit plus durer,
Et vostre ambition n'a rien à desirer.
Si toutes les raisons ordonnent qu'on marie,
Sa chere Bradamante au Roy de Bulgarie.

Vous oppoſerez-vous au bien qu'elle en reçoit ?
Car aſpirer plus haut, c'eſt plus qu'elle ne doibt.
Vous receuez du ciel vn Roy pour voſtre gendre.
Fut-il à voſtre choix, pouuiez-vous mieux pretĕdre?
Outre tant de vertus qui le font admirer.

RENAVD.

C'eſt le plus grand bonheur qui ſe puiſſe eſperer,
Et ſi vous remarquez vn ſi grand aduantage,
Vous ſerez obligé de changer de courage,
Outre que Bradamante a de l'amour pour luy.

LEON.

Il faut que leur bonheur s'accompliſſe auiourd'hui.
Approuuez ſans regret ce que le ciel ordonne.

AYMON.

Ie n'ay beſoin icy du conſeil de perſonne,
Vous preſchez vainement vn homme reſolu.
Ie veux ce que le ciel & les miens ont voulu.
Ie conſens que Roger eſpouſe Bradamante,
Ce n'eſt pas qu'eſblouy d'vne pourpre eſclattante,
Sa nouuelle grandeur me le face eſtimer,
Mais c'eſt pour ſa vertu qui m'oblige à l'aymer.

ROGER.

O fauorable arreſt ! dont mon ame eſt rauie,
Mais ie n'attends de vous que celuy de ma vie,

Prononcez-le, Madame, & ne permettez pas,
Que deux mots seulement me donnent le trépas.

BRADAMANTE.

Ie croy que mon deuoir m'oblige à reconnoiſtre
Les bonnes volontez, que vous faites paroiſtre.
Puis donc que mes parens l'ont ainſi reſolu,
Ie ne m'oppoſe point à ce qu'ils ont voulu,
Leurs volontez me ſont des loix inuiolables.

CHARLES.

O que cette franchiſe a des attraits aymables !
Que ce diſcours me plaiſt, allons donc de ce pas,
Et que voſtre bonheur ne ſe differe pas.
Que le ciel vous vniſſe auec autant de ioye,
Que ie reſſens ma part du bien qu'il vous enuoye.

LEON.

Ie vai parmi leurs biens me repaiſtre d'eſpoir.
Mais ie ſuis trop heureux ayant fait mon deuoir.

FIN.

www.ingramcontent.com/pod-product-compliance
Ingram Content Group UK Ltd.
Pitfield, Milton Keynes, MK11 3LW, UK
UKHW020315130726
13696UKWH00003B/1082